Le Bouddha couché

Bach Mai

Le Bouddha couché

Roman

L'Harmattan

Du même auteur

Rivages du Mékong, Éditions L'Harmattan, Paris, 2012.
Hier encore Saigon, Éditions L'Harmattan, Paris, 2009.
D'ivoire et d'opium, Éditions Naaman (Québec), 1985.

Conception graphique : Florence Payette
Photo de l'auteur : Julie Soto
Relecture : Marc Gosselin

5-7, rue de l'Ecole-Polytechnique, 75005 Paris

http://www.editions-harmattan.fr

ISBN : 978-2-343-12273-1
EAN : 9782343122731

Retournez dans votre île intérieure.
Il y a en chacun de nous une île sûre.
Soyez votre propre lumière.
Soyez votre propre refuge.
Bouddha

Au professeur Jack Yeager, avec gratitude

À mes professeurs et amies du lycée Marie-Curie, Saigon

À Louise, Florence, Anne-Marie, Lynne
Claude, Janine, Isabelle, Nguyêt, Thuân
Yvon, France, Gilbert, Colette, Laurent, Benoît
Danielle, Gilles, Guy, Huguette, Michel, Suzanne

1. Le Bouddha couché

Le soleil couchant embrase la rivière des Parfums, parant ses vaguelettes de rouge et d'or. Quelques barques effilées au toit de bambou se laissent dériver au courant. Nous savourons un thé au jasmin, assis sur la terrasse de la maison que j'ai louée à Huê dans le Centre du Viêt-Nam. Dans la lumière tamisée, je goûte à la quiétude de cet instant où le temps semble suspendu.

« Ma chère Vân, j'ai un cancer, mais ne sois pas inquiète, tout est sous contrôle. »

Mon ami Pierre m'a parlé de sa voix grave à peine altérée. Il y a dans cette voix toute la douceur du monde. Mais cette nouvelle m'a frappée de plein fouet. J'ai l'impression qu'une main glacée empoigne mon cœur. Je suffoque et j'ai peine à respirer.

« Je suis désolée Pierre ! » ai-je balbutié pitoyablement. Je n'ai pas pu prononcer le mot tant redouté de six lettres commençant par la lettre C.

– Comme j'avais mal aux genoux, je suis allé voir mon médecin. À la suite d'un test sanguin, il a détecté la présence du cancer. »

Sidérée, je contemple l'horizon. Il règne à Huê une belle harmonie entre la terre et l'eau, entre le mont de l'Écran royal et la rivière des Parfums. L'empereur Gia Long, le fondateur de la grande dynastie Nguyên, après avoir pacifié le Viêt-Nam en 1802, a choisi Huê comme capitale impériale en raison de cette parfaite harmonie entre les éléments sacrés. D'ailleurs, en vietnamien, l'expression *dât nuoc*, terre et eau, signifie patrie.

Il y a une douceur qui émane de la rivière des Parfums et son débit nonchalant apaise l'âme. Ce lieu à part semble être préservé de l'espace et du temps et j'ai déjà oublié le monde extérieur. Je me suis installée dans cette ville paisible pour suivre la trace de Thich Nhat Hanh, moine bouddhiste zen bien connu pour son enseignement sur la pratique de la pleine conscience. Il est originaire d'ici.

Pierre est arrivé hier à quelques jours du Têt, la nouvelle année lunaire, et je me réjouis de partager avec lui la beauté de cette région au cours des prochaines semaines. Et puis, cette terrible nouvelle !

« Je viens de terminer un traitement de radiothérapie. Selon l'oncologue, mon cancer était agressif et il s'est rapidement développé… »

Il y a quelque chose qui s'est noué dans sa voix et qui l'empêche de terminer sa phrase. Qu'est-ce qu'un cancer agressif ? Dans le mot agression, il y a un aspect menaçant et violent. Je songe aux invasions barbares, je pense aux hordes mongoles qui ravageaient tout sur leurs passages, ne laissant que ruines derrière elles. Je sens un froid envahir mon corps comme une marée. Je regarde Pierre et mes yeux cherchent à comprendre. Il pose doucement sa main sur la mienne.

« Tu sais, la recherche sur le cancer progresse à grands pas. Il y a des traitements de pointe contre cette maladie. Je suis actuellement une hormonothérapie pour bloquer les hormones qui stimulent les cellules cancéreuses, un comprimé par jour, ce n'est pas si mal. »

Cancer agressif. Je suis entrée dans le pays du silence et de la souffrance. Il y a un autre mot souvent écrit au pluriel que nous n'avons pas prononcé, mais qui plane sur nous comme un fantôme et que je tente de chasser de mon esprit : métastases.

Les mots dansent comme des feuilles jaunes de ginkgo biloba virevoltant devant mes yeux qui ne voient plus rien. Puis mots et feuilles se déposent très lentement dans mon esprit comme dans un film au ralenti. Les flammes du soleil s'éteignent doucement. Le soir étale rapidement ses couleurs sombres autour de nous. L'air s'est un tout petit peu rafraîchi. Les oiseaux sifflotent gaiement et s'interpellent les uns les autres en rejoignant leurs arbres pour la nuit. Quelques lumières vacillent dans des maisons basses dans la vallée comme des lucioles.

« Je ne t'ai pas écrit à ce sujet, dit Pierre. Je voulais te le dire de vive voix. »

Voilà, tout est dit. L'essentiel n'est pas dans les mots, mais dans son regard désolé.

Mon univers est soudain chaviré. Désormais, rien ne sera plus jamais pareil. Comment faire pour garder mon calme alors que mon cœur bat à tout rompre ? C'est Pierre qui est malade et c'est lui qui me console. Pourquoi diable suis-je demeurée sans aucune parole alors qu'au cours de nos vingt-cinq années d'amitié, il a toujours su trouver les bons mots pour me réconforter ? Car Pierre est plus qu'un ami, il est « ma » famille.

Je pense à ma mère. J'aurais tellement aimé qu'elle soit encore de ce monde. Je regrette de ne pas être comme elle, courageuse et protectrice. Je parle à son âme : « Maman, aide-moi, insuffle-moi un peu de ton courage. Protège mon ami ! » J'implore silencieusement le Ciel. L'Auguste Ciel bleu a des yeux, dit le proverbe. Pour nous, Vietnamiens, le Ciel est le vaste espace omniprésent au-dessus de nous qui voit et qui sait tout. Il peut changer le cours de notre destin et disposer de notre vie d'un clignement de paupières.

« Ô Ciel, je Vous en prie, donnez à mon ami du temps, tout le temps ! »

Pour gagner des mérites en faveur de mon ami, humblement, je suis prête à réciter cent prières et répéter mille mantras à la gloire du Ciel. Une vie en sursis, c'est quoi ? Une goutte de pluie dans l'océan salé du temps. C'est une éternité pour qui le temps vient à manquer.

Vite, chercher un endroit où réside le grand silence. Trouver un lieu qui apaise le chagrin tapi derrière chacune de mes pensées. Je ferme les yeux pour mieux voir très loin. Voilà qu'apparaît le Wat Pho, Temple du Bouddha couché, sur une des rives du fleuve Chao Phraya à Bangkok. L'immense statue dorée mesure quarante-cinq mètres de longueur et quinze mètres de hauteur. Elle représente le Bouddha allongé sur son flanc droit, soutenant sa tête de la main, en plein éveil intérieur, un état où l'esprit et l'âme restent en parfaite harmonie. Ce qui m'a frappée de cette statue du Bouddha, c'est la paix qui émane de son visage. Moment magique.

Le Bouddha couché
Sur son lit de bois sculpté
Rêve d'éternité.

2. Le Livre tibétain de la vie et de la mort

Je me suis levée à cinq heures ce matin. Pierre dort dans la chambre d'amis donnant sur la terrasse. Des gerbes de lumière jaillissent à l'est. J'ai les larmes aux yeux. Dans l'horoscope chinois, de cinq à sept heures du matin, c'est l'heure du chat. Enfant, j'avais un chat noir aux yeux couleur de miel. Lorsque j'étais triste, il ressentait mon chagrin. Il s'asseyait comme un chat de Pharaon et me fixait. Toute l'intensité du monde se reflétait dans son regard ambre. Il venait ensuite me consoler en ronronnant et en frottant son nez au mien. Viens mon chat, j'ai besoin de réconfort.

J'ai, depuis, atteint l'âge où je commence à perdre des proches. Ma mère est décédée il y a quelques années et je ne parviens pas à m'habituer à cette réalité. Il n'y a pas un seul jour où je ne pense pas à elle. Que ne ferais-je pas pour passer encore un tout petit peu de temps avec elle ? Certains chagrins restent en nous et ne semblent pas s'évanouir.

J'ai peur de la mort. Il n'y a pas si longtemps, j'ai traversé le col des Nuages en autobus de Hôi An à Huê. La baie de Lang Co s'étirait tout en bas des falaises comme un croissant de lune baigné par la mer. Lorsque l'autobus amorça sa descente vers Huê, j'ai ressenti une légère nostalgie. Je venais de comprendre que j'avais franchi une ligne imaginaire, la mi-temps de ma vie, qui séparait le connu et l'inconnu, et que j'avais commencé ma propre descente non pas vers Huê, mais en terre étrangère.

Maintenant, c'est au tour de Pierre de lutter pour sa survie. Je me mets à penser à ma propre mort comme un vide vertigineux et je tremble. Alors, il faut s'accrocher à la moindre lumière, il faut rendre notre vie la plus douce possible. C'est peut-être cela l'antidote à la maladie qui ronge et au temps qui déboule.

Je viens de relire quelques chapitres du *Livre tibétain de la vie et de la mort*[1] du Maître bouddhiste tibétain Sogyal Rinpoché. Le Dalaï-lama écrit dans l'avant-propos de ce livre : « Si nous souhaitons mourir bien, nous devons apprendre à vivre bien : pour avoir l'espoir d'une mort paisible, il nous faut cultiver la paix, dans notre esprit comme dans notre manière de vivre ».

Sogyal Rinpoché s'est inspiré du *Bardo Thödol* ou *Livre des morts tibétain*, un texte bouddhiste ancien qui décrit les étapes que les êtres humains traversent de la mort jusqu'à la fin du cycle des réincarnations. Ce qui est remarquable, c'est que l'auteur explique non seulement la mort selon le bouddhisme tibétain, mais également la vie, infiniment précieuse. La vie et la mort sont envisagées comme un tout. Pour cela, c'est aussi le *Livre tibétain de la vie*.

Sogyal Rinpoché relate un voyage en compagnie de son lama, Düdjom Rinpoché, l'un des très grands érudits et maîtres de méditation du Tibet, et l'épouse de ce dernier. Alors qu'ils parcouraient la France en voiture, ils passèrent devant un cimetière qu'on venait de repeindre et de fleurir. À son épouse qui admirait la beauté et la propreté les lieux, Düdjom Rinpoché dit ceci :

« Ce pays est tellement civilisé ! Ils construisent des demeures merveilleuses pour leurs dépouilles mortelles. Mais as-tu remarqué qu'ils en construisent de tout aussi merveilleuses pour leurs dépouilles vivantes ? »

---

[1] *Le Livre tibétain de la vie et de la mort*, Sogyal Rinpoché, La Table Ronde, 1993.

Je suis interpellée par cette remarque du grand lama. Nous respirons, parlons, marchons, mangeons, travaillons et dormons mais hélas, si nous vivons sans nous préoccuper de notre spiritualité, nous ne ferons qu'exister comme des somnambules, des êtres humains sans destin. Avec les années, je crois comprendre un peu mieux la profondeur de ses paroles.

Selon Sogyal Rinpoché, la vie peut être vaine et futile lorsqu'elle est fondée sur une croyance erronée en la continuité et la permanence. Lorsque nous vivons sans aucune préparation spirituelle à la mort, nous devenons des « dépouilles vivantes ». L'auteur trouve qu'il est paradoxal que les jeunes d'aujourd'hui reçoivent une éducation très poussée dans tous les domaines, sauf dans celui qui détient précisément la clé de l'entière signification de la vie et peut-être même de leur « survie ».

Sogyal Rinpoché parle ici de survie dans le cycle des réincarnations. Mais, il s'agit pour moi d'apprendre à vivre pleinement maintenant, et non pas dans une autre vie. Comment apprendre à vivre bien pour mourir bien ? Le grand Maître et poète du Tibet, Milarépa, dit : « Ma religion est de vivre et de mourir sans regret. »

Je crois que seuls les grands maîtres après des années de méditation sont parvenus à une dimension spirituelle qui leur permet de faire face à la mort avec sérénité et sans regret. Mais nous, les pauvres « dépouilles vivantes », pourrons-nous un jour effleurer une infime parcelle de cette paix intérieure qui émane du Bouddha couché ?

Une orchidée tombe
Sur ma page immaculée
Pétales tremblants.

3. La Gentillesse

Plus jeune, j'avais l'impression que les années s'offraient à moi, remplies et bourdonnantes. Je me dépensais éperdument comme si l'éternité m'était acquise. Je pensais à tout sauf à l'essentiel. Et pourtant, il reste tant de questions essentielles auxquelles je n'aurais pas de réponse au seuil de mon grand départ. Mais il ne suffit pas de les ignorer, elles m'attendent au prochain tournant.

Dans un monde d'apparence où on louange la réussite sociale et la richesse matérielle, « faire » et « avoir » sont des notions bien plus importantes qu'« être ». Dès notre jeune âge, on nous prépare à évoluer et à réussir dans un monde exigeant. Personne ne nous apprend comment cultiver notre spiritualité pour vivre « bien ». Or « être », c'est ce qui nous reste au bout du chemin lorsque le temps se chargera de nous délester de nos bagages.

À l'époque où j'ai connu Pierre à Montréal, il était animateur d'une émission culturelle le soir à la radio. C'était une voix chaleureuse dans la nuit. On reconnaît l'oiseau à son chant et l'homme à sa parole, dit le dicton. On reconnaît aussi la valeur de l'homme dans ses relations avec autrui. Pierre était d'une gentillesse naturelle envers les autres. Les techniciens en studio l'adoraient et faisaient de leur mieux pour lui faciliter la tâche. Il était gentil et courtois avec ses invités, qu'ils fussent célèbres ou inconnus, puissants ou modestes. Plus important encore, il les écoutait attentivement.

Nous étions très occupés. Pierre vivait sa vie « sur la voie rapide », à l'image des grandes autoroutes en Amérique qui ne se désemplissent pas le jour comme la nuit. Il assistait aux premières de spectacles et de films, collaborait à divers magazines culturels et voyageait souvent.

Quant à moi, je venais d'immigrer au Canada. J'avais un immense continent à explorer, un grand pays à découvrir, une nouvelle liberté à vivre. Je travaillais pour une organisation humanitaire et j'y consacrais toute mon énergie. Mes débuts n'étaient pas faciles mais j'avais des rêves plein la tête.

Lorsque Pierre était en ville, que de cafés partagés dans le quartier latin rue Saint-Denis pour redessiner les contours du monde. Que d'agréables promenades dans le quartier asiatique autour de la rue Saint-Laurent, *La Main* comme on l'appelle, à la découverte de fruits et de légumes exotiques, de différentes sortes de thé et d'épices aux cinq parfums. Fin observateur, rien n'échappait à son regard vif et à son esprit alerte. Il était drôle, il pratiquait l'autodérision avec une tendre ironie.

Nous étions jeunes et insouciants, nous aimions la vie et nous riions aux éclats. Notre credo était « faire » et « devenir », nous avions l'avenir devant nous et bien sûr, nous nous croyions immortels.

J'étais bien chanceuse, certes, d'être sortie saine et sauve du Viêt-Nam. J'ai enfoui au plus profond de moi-même mes émotions après la chute de Saigon en 1975 pour continuer mon chemin. Mais parfois mon passé dans un pays en guerre resurgit comme une vive douleur. J'éprouvais alors une grande solitude loin de ma famille restée dans un pays blessé qui s'était hermétiquement refermé sur lui-même. L'idée d'une séparation prolongée me traumatisait. Je ne recevais aucune lettre, aucune nouvelle de ma famille.

Au Canada, pays baigné par trois océans, l'Atlantique, le Pacifique et l'Arctique, avec sa devise *A Mari usque ad Mare*, « D'un océan à l'autre », je me sentais parfois ballottée comme un grain de sable, loin de tout. Heureusement, je pouvais me confier à Pierre au téléphone en tout temps.

« Parle, je t'écoute ! » disait-il souvent.

Ces trois mots me libéraient. Pierre comprenait intuitivement le langage qui animait les êtres, l'intonation de leur voix quand ils étaient heureux ou malheureux. Il écoutait mes petits ennuis et, avec une infinie gentillesse, me conseillait de persévérer : « Accroche-toi, ne lâche pas. Tout va s'arranger ! » Entre les océans de temps à autre agités, Pierre est mon rocher stable. Plus qu'un ami, il est « ma » famille.

Certaines manières d'être favorisent notre paix intérieure. La gentillesse en est l'une des premières clés. Le Dalaï-lama en fait un mode de vie et en même temps un acte profond : « Ma religion est très simple. Ma religion est la gentillesse ». C'est à moi maintenant d'exprimer la même gentillesse envers Pierre : « Parle, je t'écoute ! »

Frère océan
Écouter les vagues
Mouettes tournoyant au vent.

4. L'Écoute

Sur l'amitié, j'ai encore beaucoup de choses à apprendre. Mes souvenirs me ramènent dans un endroit tranquille, au chalet de Claire et Bertrand dans le village de Chelsea au Québec. C'était un soir d'automne et les feuilles d'érable amorçaient leurs couleurs de feu : jaune, orange, pourpre. Des écureuils couraient ici et là pour ramasser glands et noix en prévision de l'hiver. Le grondement sourd des chutes nous parvenait de temps à autre apporté par le vent. La rumeur du village pourtant proche était bien loin.

Ce chalet rustique caché sous les pins dans le parc de la Gatineau est un lieu de rencontre de la famille et d'amis du couple venus des quatre coins du monde. Sur un mur sont agrafées des dizaines de photos de nous, à différentes périodes de notre vie, attablés et souriants. C'est aussi un havre de lecture, car il contient beaucoup de livres. Je repars de là un peu plus cultivée et souvent avec un bouquin dans mon sac. Claire et Bertrand ont élevé l'amitié au rang du grand art.

Claire a beaucoup d'amis, car selon moi, elle a envers nous une délicate attention qu'est l'écoute active. Dans un groupe, il m'arrive parfois d'être distraite. Mon esprit vagabonde ailleurs lorsque je suis préoccupée par mes petits soucis quotidiens. Claire m'accueille toujours avec un esprit léger et libre. Je peux lui parler facilement et elle trouve les mots justes pour la discussion.

Ne dit-on pas que la plus belle écoute est celle qui se fait avec le cœur ?

Ce soir-là, Pierre a été invité au chalet. Toute occasion était bonne pour faire la fête. Des retrouvailles, des anniversaires et des projets. Bertrand nous servit un apéritif, un rituel joyeux ici.

« J'ai une bonne nouvelle à vous annoncer et vous êtes les premiers à le savoir, dis-je.

– Nous en sommes ravis ! dit Claire. Quelle est ta bonne nouvelle ?

– Mon manuscrit a été accepté par une maison d'édition. Je tiens à vous le dire en particulier, vous qui m'avez tant encouragée. Mon deuxième roman va être publié cet automne. Ce n'est pas évident après vingt ans d'absence de l'écriture.

– Félicitations ! Levons nos verres à cet heureux événement, dit Bertrand.

– Mais c'est extraordinaire ! ajouta Claire. J'ai hâte de lire ton nouveau roman. Un bouquin, tous les vingt ans, vaut mieux tard que jamais. Quel est le titre de ce livre ? De quoi parles-tu dans ce roman ?

– Le titre est *Hier encore Saigon*. Il s'agit d'une histoire d'amour sur fond de guerre qui se passe au Viêt-Nam et au Cambodge, bien sûr, toujours l'Asie. J'ai aussi décidé de prendre ma retraite de l'humanitaire. Je serai libre de mon temps pour lire et écrire.

– Quelle bonne décision ! Tu retourneras vivre en Asie n'est-ce-pas ? On ira te rejoindre, dit Claire en souriant.

– Ah, j'ai hâte de connaître ce continent, dit Pierre. Vân m'a promis que nous prendrions un thé au Viêt-Nam. »

Claire et Bertrand, tous deux professeurs de littérature française à la retraite, ont consacré un an pour sillonner l'Asie : Inde, Népal, Chine, Thaïlande, Viêt-Nam, Japon. Comme je voyageais en Asie pour le travail, nous nous sommes croisés en Thaïlande et au Viêt-Nam, c'était bien agréable.

Nous avons demandé à Pierre de se mettre aux fourneaux. Malgré une vie bourdonnante, Pierre aime faire la cuisine, une véritable cuisine santé. Il a préparé en un rien de temps du saumon aux fines herbes avec du riz et des asperges à la vapeur comme lui seul sait le faire.

« Quelle équipe cet homme ! » s'exclama Bertrand, plein d'admiration pour Pierre. Et c'était tout un compliment.

Nous avons passé une soirée agréable, la conversation était animée et le repas délicieux.

Avant notre départ, Claire m'a prise à part :

« J'ai malheureusement une mauvaise nouvelle. J'ai reçu un diagnostic de cancer du sein et je vais commencer des traitements prochainement. »

Dans mon métier, je parviens parfois à rentrer la tête dans ma carapace comme une tortue pour parer aux coups durs : conflits, séismes, typhons, inondations, mais j'ai reçu cette annonce de Claire comme une claque au visage et j'en suis restée sonnée. Peut-être s'agissait-il d'une fausse alerte ? Non, pas le cancer, pas elle.

« Oh Claire, je suis désolée ! dis-je, désemparée.

– L'oncologue et le chirurgien sont en train d'évaluer la situation. Chimiothérapie avant la chirurgie ou l'inverse. »

Devant ce séisme, la « bonne » nouvelle de la publication de mon manuscrit m'est apparue tellement futile. Tout me semblait si vain, même un livre dans lequel j'avais mis tout mon cœur et qui m'avait pris tant de temps à écrire.

Passage du temps
Le sable coule de ma main
Comme l'eau sur la pierre.

5. Le Bouddhisme zen

J'espérais trouver dans le bouddhisme zen un peu de sérénité et voilà que la maladie de mes amis me touche de près. Après vingt-cinq ans dans l'humanitaire, face au désordre extérieur qui afflige le monde et au vide intérieur que je ressens, il y a encore en moi trop de désespoir face à la détresse humaine et à ma propre souffrance. La manipulation, l'exploitation et la répression constituent un abus de pouvoir dans un monde, hélas, sans âme. Les conflits et leurs conséquences sur les plus vulnérables que j'accompagnais dans mon travail ont altéré ma confiance envers l'humanité. Il y a certes de la beauté et de la lumière, mais notre histoire est jalonnée de violence. Le bien et le mal sont entremêlés comme la corde en nous, dit le dicton. Nous sommes le monde et le monde est nous. Il n'y a nulle part où nous cacher. Le bouddhisme croit en la bonté originelle en chaque être humain. C'est important de se rappeler que le bien est là en chacun de nous.

Je suis allée dans un temple zen au Japon après le décès de ma mère. Éperdue de chagrin, je faisais l'apprentissage d'une existence sans elle. De Tokyo, en suivant les conseils de Claire, j'ai pris un train jusqu'à Fujisawa, puis un petit train électrique qui longeait la baie de Sagami pour Kamakura, à cinquante kilomètres au sud. Ancienne capitale du Japon sous le premier Shogunat, gouvernement militaire appuyé par les samouraïs de la fin du XIIe jusqu'au milieu du XIVe siècle, Kamakura compte une vingtaine de sanctuaires shintoïstes et une soixantaine de temples bouddhistes dont cinq de l'école zen.

Après les gratte-ciel de Tokyo, la vue de cette petite ville entourée de collines verdoyantes était apaisante. Je marchais dans une allée bordée des deux côtés de lanternes en pierre et de boutiques en bois. Des femmes en kimonos se promenaient, rares scènes d'un Japon traditionnel. En cette journée de printemps, les cerisiers éparpillaient leurs fleurs à la moindre brise comme des pétales de neige. Un pur enchantement ! La fleur de cerisier qui tombe en pleine floraison dans toute sa beauté, évoque la fragilité de l'existence. Dans l'idéal chevaleresque japonais, elle est comparée au samouraï formé au maniement du katana et à la pratique du zen pour affronter la mort à tout moment le cœur détaché.

Le bouddhisme remonte à l'expérience du Bouddha Shakyamuni qui réalisa l'éveil dans la posture de méditation. Né au VIe siècle avant J.-C. en Inde, Siddharta Gautama est un prince héritier du clan Sakya des nobles guerriers. On l'appelle aussi Siddharta Sakyamuni, le « sage de Sakya ». Un jour dans la rue, il vit un vieillard, un malade et un cortège funéraire. Le prince comprit que si sa richesse le protégeait de la pauvreté, elle ne l'épargnerait pas de la vieillesse, de la maladie et de la mort. À vingt-neuf ans, Siddharta partit vers un village du Gange où il mena une vie d'ascète dans la solitude. Assis sous un figuier, l'arbre de la sagesse, il entreprit une grande méditation et atteignit l'éveil intérieur. Il acquit une bonne compréhension de la nature de la souffrance humaine et trouva les étapes nécessaires à son élimination.

Siddharta créa la communauté des moines pour perpétuer son enseignement. Il est surnommé Bouddha, « celui qui Sait, celui qui Comprend, celui qui est Éveillé », une personne qui voit la réalité et la vérité. Bouddha donna un premier enseignement à ses disciples au parc des Gazelles à Bénarès en Inde.

Les Quatre Nobles Vérités sont la base du Dharma, l'enseignement de Bouddha : la souffrance, l'origine de la souffrance, la cessation de la souffrance et la voie menant à la cessation de la souffrance.

De l'Inde, le bouddhisme s'est répandu en Chine par la route de la Soie au VIe siècle grâce aux moines voyageurs. Il s'est propagé au Viêt-Nam entre le VIe et le XIIIe siècle dans la plaine du fleuve Rouge dans le Nord du pays sous la dynastie Trân. Par la Corée, il s'est dirigé vers le Japon. Au pays du Soleil-Levant, le bouddhisme zen a pris son essor grâce à deux écoles, le Soto du Maître Dogen, mettant l'accent sur la méditation et la posture, et le Rinzai du Maître Eisai, utilisant des *koans*, courtes phrases énigmatiques, comme base à la méditation.

« Vous n'avez besoin ni d'encens, ni de prière, ni d'invocation du nom Bouddha, ni confession, ni d'écritures saintes. Asseyez-vous et méditez, » dit Maître Dogen.

À Kamakura, entourée de nombreux pèlerins venus faire des prières et brûler de l'encens, je suis allée m'incliner devant le Daibutsu ou Grand Bouddha assis en lotus. Cette statue en plaques de bronze mesurant douze mètres de haut et pesant cent vingt tonnes fut érigée au XIIIe siècle. Le Grand Bouddha se trouvait à l'origine à l'intérieur du temple Kotoku-in qui fut détruit par un puissant tsunami au XVe siècle. Il ne reste rien du temple à l'exception du Grand Bouddha qui, depuis, s'assoit à ciel ouvert, les yeux mi-clos, humble devant l'éternité.

Un moine se dirigea vers une immense cloche en bronze installée dans une tour aux toitures recourbées. Il s'inclina trois fois avec respect, prit une poutre suspendue horizontalement à l'extérieur et frappa sur la cloche. Un timbre grave se produisit. Les cloches des monastères aux environs sonnèrent à leur tour. Ces sons vibrants évoquent le principe bouddhiste de l'impermanence de la vie sur terre.

Il y a une grande tradition au Japon. Avant minuit de la fin de l'année, les Japonais se réunissent nombreux autour de grands temples pour écouter les cloches sonner cent huit coups afin de chasser cent huit « désirs », états mentaux néfastes à l'être humain selon le bouddhisme. Le dernier tintement signale le passage à la nouvelle année. Il symbolise en même temps l'effacement des émotions négatives dans notre cœur et on recommence à neuf, heureusement.

Les échos de ces cloches à la fois clairs et graves entrèrent par vagues successives en mon âme, au rythme de mon souffle et des battements de mon cœur. Mains jointes, je contemplais la lumière oblique sur les collines, je respirais le parfum camphré des pins et j'écoutais les psalmodies mélodieuses des moines. Mes muscles se détendirent, mes émotions se dénouèrent et mes larmes se libérèrent. Je me sentais en cet instant en harmonie avec moi-même et l'univers qui m'entourait. Ce fut un moment de douceur inoubliable. Maintenant encore, parfois dans mes rêves, j'entends les cloches de Kamakura et je retrouve le même bonheur.

Tintements de cloches
Immuables dans le soir
Dispersant nos peines.

6. La Première Noble Vérité

La première Noble Vérité dans le bouddhisme est la souffrance. Lors du sermon au parc des Gazelles à Bénarès, Bouddha dit ceci à ses disciples :

« Voici, ô moines, la Noble Vérité sur la souffrance. La naissance est souffrance. La vieillesse est souffrance. La maladie est souffrance. La mort est souffrance. Le chagrin, la douleur, la tristesse et le désespoir sont souffrance. Être uni à ce que l'on déteste est souffrance. Être séparé de ce que l'on aime est souffrance. Ne pas obtenir ce que l'on désire est souffrance. En un mot, l'attachement aux cinq agrégats est souffrance. »

Quels sont les cinq agrégats de l'attachement dont parle Bouddha ? Il s'agit de notre corps physique, nos sensations, nos perceptions, nos pensées et notre conscience liée aux impressions sensorielles. Nous nous attachons à cet ensemble d'éléments et nous souffrons.

Le mot sanskrit *dukkha* signifie la souffrance ou le mal-être en général. Il couvre la souffrance physique et morale que chacun perçoit dans sa vie quotidienne. La souffrance peut être visible et invisible. Selon Bouddha, il y a la souffrance naturelle du fait de la naissance, de la vieillesse, de la maladie et de la mort. Tout être vivant sur terre naît et mourra un jour et si on vit assez longtemps, on vieillit, on tombe malade et on meurt. C'est une expérience naturelle pour tous. Le seul fait de vivre est marqué par la douleur et la souffrance qui se manifestent sous toutes ses formes. La douleur est inévitable, mais la souffrance est facultative, selon un proverbe bouddhiste.

Il y a de la souffrance causée par la misère et les difficultés de la vie. Nous créons notre propre souffrance également. La haine, l'amour, le désir, la colère, l'orgueil, l'envie, la jalousie, la peur et d'autres émotions nourrissent la souffrance. Ainsi, la haine est souffrance quand on songe à faire du mal à l'autre. Même l'amour est souffrance quand on perd un être cher ou que l'on en est séparé. Le désir est souffrance quand on n'obtient pas ce à quoi l'on aspire ou qu'on perd ce à quoi l'on tient le plus. Nous sommes constamment sujets au plaisir, à la douleur et à la souffrance. Certains plaisirs deviennent toxiques. Les textes bouddhistes notent qu'il n'y a pas une place sur la terre, même de la taille d'une pointe d'aiguille, qui soit exempte de souffrance.

Dans la méditation, il s'agit de ne pas s'identifier à la souffrance : « Je souffre, cette souffrance est mienne », mais de se dire simplement : « Ceci est souffrance ». La base de l'enseignement du bouddhisme est l'impermanence. Bouddha, en méditation sous un figuier, constate qu'il est en fleur. Il dit : « La fleur donne un fruit, le fruit donne l'arbre, et l'arbre donne la fleur. Rien ne commence, et rien ne finit : tout se transforme, tout est donc impermanent ».

Tout change en nous et autour de nous. À chaque minute, à chaque seconde, les cellules de notre corps naissent et meurent. Qu'est-ce qui symbolise le mieux l'éphémère qu'une fleur de cerisier ? Les montagnes et les fleuves se transforment. Le cosmos bouge dans un mouvement perpétuel. Tout sentiment de bonheur ou de tristesse ne dure pas. Et quand le changement intervient et que l'on refuse de le reconnaître, il amène la souffrance.

Rien ne reste figé
Lune et étoiles dans la nuit
Pas un seul instant.

7. Thich Nhat Hanh et la Pleine Conscience

À Huê, le pont Trang Tien enjambe la rivière des Parfums en étendant ses six arches métalliques. Ce pont, signature de Gustave Eiffel, est un symbole pittoresque pour Huê tout autant que le pont Long Biên pour Hanoi. Pierre et moi y marchons jusqu'au marché Dong Ba. Des étudiantes en tuniques traditionnelles blanches défilent en vélos dans un ballet fluide. Des motocyclistes transportent des marchandises au marché : épices, légumineuses et nouilles. Des sampaniers y déchargent de grandes quantités de fruits, de légumes et de poissons.

J'adore visiter les marchés. Lorsque j'étais petite, ma mère m'amenait chaque matin au Marché central de Saigon en cyclo-pousse. J'aimais m'attarder auprès des étals de fruits provenant du delta du Mékong, patrie de ma mère. Le bonheur était à la portée de la main : longanes en grappes dorées, mangoustans à l'écorce violette, mangues à la peau lisse. Mes yeux ne savaient plus où se fixer. Je m'immergeais avec délice dans un monde de sons, de couleurs et d'odeurs.

Le marché de Huê, saccagé lors de combats avec les Français en 1885, fut reconstruit par l'empereur Dông Khanh. Ce neuvième souverain Nguyên n'a régné que trois ans, de 1885 à 1889, car il est subitement mort à l'âge de 24 ans. Empoisonnement ou fièvre paludéenne, on ne saurait le dire. Pendant son règne, la France grignota ce qui restait de l'autorité du pays et acheva son invasion en créant en 1887, l'Union indochinoise composée du Viêt-Nam, du Cambodge et du Laos.

À l'occasion de la nouvelle année lunaire, le marché de Huê se couvre de fleurs et le jaune impérial domine avec des *hoa mai*, fleurs de printemps, des chrysanthèmes et des marguerites. Sous la dynastie Nguyên, la couleur jaune associée à la terre, était exclusivement réservée à l'empereur. Nul ne pouvait porter des vêtements jaunes sous peine de crime de lèse-majesté.

Pierre m'aide à choisir quelques branches de fleurs de printemps pour décorer la maison. Comme repas traditionnel, nous choisissons un *banh chung* végétarien, gâteau au riz glutineux à la noix de coco avec au centre une pâte lisse de haricots mungo. Célébrer le Têt avec Pierre, c'est une heureuse occasion pour moi de sentir les parfums de mon enfance et de gâter mon ami avec les douceurs de Huê : biscuits aux amandes, graines de lotus confits, bonbons au sésame. Il faut aussi choisir cinq fruits de saison pour l'autel des ancêtres : orange, mandarine, banane, kaki et mangue.

Le Viêt-Nam est un pays riche en religions et en croyances. À Saigon, j'accompagnais mes amies à l'église et à la pagode lors des fêtes chrétiennes et bouddhistes avec le même plaisir. J'allais allumer un cierge la veille de Noël à la cathédrale Notre-Dame décorée de gerbes de lys et de glaïeuls. J'allais porter des offrandes au Bouddha à la pagode Xa Loi à la nouvelle année lunaire.

Bouddhistes ou chrétiens, les Vietnamiens pratiquent le culte des ancêtres dans leur foyer afin de vénérer leurs aïeux. La veille du Têt, nous accueillons les esprits de nos ancêtres pour qu'ils partagent avec nous les festivités pendant trois jours. L'autel des ancêtres est décoré de fleurs et de fruits. Nous allumons des baguettes d'encens chaque soir. C'est ainsi que les deux mondes du visible et de l'invisible se côtoient et c'est tout à fait normal.

Dans ma famille, le bouddhisme constitue une belle philosophie de vie. Ma mère m'a appris dès mon plus jeune âge à respecter la vie et à ne faire du mal à aucun être vivant, fût-ce un papillon, une libellule ou même une fourmi. « La vie d'un insecte, le plus petit qui soit, est précieuse, » disait-elle. Ses plats végétariens de légumes sautés au wok et rehaussés de sauce de soya et d'huile de sésame étaient succulents.

Je m'intéresse naturellement à l'enseignement du bouddhisme zen par Thich Nhat Hanh car, à la fois simple et profond, il est facile à comprendre. Ses disciples l'appellent Thây qui veut dire Maître en vietnamien, exactement comme nous appelons nos maîtres et nos maîtresses à l'école et nos professeurs à l'université.

Thây résume son enseignement à la pratique de la pleine conscience. Cette pratique consiste à porter notre conscience sur ce que nous sommes en train de faire. Plus nous sommes capables d'attention dans nos pensées, nos paroles et nos actions, plus nous augmentons notre capacité de concentration. Elle nous aide à explorer et à apprivoiser notre souffrance afin de trouver la paix intérieure. Grâce à la concentration, nous prenons conscience de la nature de notre souffrance et de celle d'autrui. Et peut-être, éventuellement, nous pourrions trouver une façon d'atténuer cette souffrance.

Je crois que le bouddhisme zen tel qu'enseigné par Thich Nhat Hanh est avant tout un art de vivre. C'est une forme de spiritualité tout à fait conciliable avec ma double éducation vietnamienne et française et mon héritage culturel. Facilement intégré à ma vie quotidienne, le zen m'invite, au-delà de toute religion et de toute croyance, à vivre en harmonie avec moi-même, les personnes autour de moi et mon environnement.

Thây dit que c'est lorsque nous sommes en paix avec nous-mêmes que nous pouvons partager cet état avec les autres, « alors seulement, nous avons assez de force et de patience pour aider les autres, en affrontant de nombreuses épreuves avec patience et persévérance ». L'un des accomplissements de la pleine conscience, selon Thây, est d'apaiser la souffrance de l'autre en lui disant : « Je sais que tu souffres et je suis là pour toi ». Il croit qu'on peut le dire avec ces mots ou simplement par notre façon de regarder l'autre. Si on n'est pas vraiment présent, si on pense à autre chose, on ne pourra pas le faire.

Peut-être trouverais-je dans la pratique de la pleine conscience un début de réponse à cette obsédante question : comment vivre bien pour mourir bien ?

Vivre et mourir
Ami, il est toujours temps
Pour bien apprendre.

8. Esprit d'amour, Esprit de paix

Le sampan glisse sur la rivière des Parfums. Pierre apprécie cette promenade matinale car le soleil n'est pas encore trop chaud. La barque est dotée d'un moteur à l'arrière et surmontée d'un toit servant de logis au couple de sampaniers et leur petite fille. Une petite pièce aménagée contient tout ce qu'ils possèdent. Les sampaniers sont parmi les gens les plus modestes de Huê. Comme ils n'ont pas de lopin de terre pour construire une maison, ils vivent sur leur barque toute l'année, même en période de fortes moussons de mai à octobre.

Nous remontons la rivière des Parfums aux berges verdoyantes. Nous allons à la découverte de la pagode où Nguyên Xuan Bao, né en 1926 dans la région de Huê, a passé ses années de novice avant de porter le nom de Thich Nhat Hanh. Pour suivre la trace de Thây, il me faut aller là où tout a commencé.

L'histoire de Huê remonte au XIVe siècle lorsque le roi du Champa céda une partie de son royaume comprenant les provinces de Thua Thiên-Huê et Quang Nam en épousant la princesse vietnamienne Huyên Trân. Le Viêt-Nam et le Champa, constamment en guerre, connaissaient alors une brève période de trêve. À partir du XVIIe siècle, les Nguyên y ont d'abord installé leur régime seigneurial et ensuite leur dynastie impériale de la lignée du Dragon. Les treize empereurs Nguyên, de Gia Long à Bao Dai, ont vécu dans la Cité impériale de 1802 à 1945. En tant que Fils du Ciel, ils perpétuaient les traditions confucianistes et bouddhistes.

Huê est un centre religieux important. On y trouve des dizaines de pagodes de plus de trois cents ans. Notre sampan accoste à un quai. Nous marchons sur un sentier à l'ombre de grands pins. Derrière des banians géants aux racines aériennes s'offre à nous la vue d'un étang en forme de demi-lune couvert de nénuphars blancs. Nous passons sous un portique en pierre aux trois arcades délavées par la pluie. À l'origine, il n'y avait là qu'une modeste cabane de moine. Sous l'impulsion de l'empereur Thanh Thai, dixième empereur Nguyên, la pagode Tu Hieu a été construite en 1894. Intermédiaire entre le Ciel et la Terre, chaque souverain bâtissait et restaurait des lieux de culte afin de gagner des mérites. *Tu Hieu* en vietnamien veut dire piété : celle des enfants envers leurs parents et celle des disciples envers leurs maîtres. Si les parents donnent vie à un enfant, c'est le maître qui l'éduque et façonne son caractère d'homme.

« À seize ans, le jeune Bao voulait devenir novice à cette pagode, dis-je. Sa famille estimait que la vie de moine serait trop dure pour lui. Mais il a insisté, car il savait que c'était pour lui la seule façon d'être heureux. Il a dit qu'une fois devenu novice, il s'est senti aussi libre et heureux qu'un oiseau dans le ciel.

– Ce moine à un si jeune âge savait profondément dans son cœur que la voie du bouddhisme le rendrait heureux, dit Pierre. C'est remarquable. »

Je suis émue de fouler le sol de la pagode racine de Thich Nhat Hanh. J'ai besoin d'emboîter mes pas dans les siens afin de me faire une idée de ce qu'était sa jeunesse et de m'imprégner de ses pensées. Le sanctuaire central est soutenu par des colonnes de marbre gris torsadé de dragons. Ses murs sont ornés de lampions rouges et tapissés de mosaïques. Sur son toit dévalent en pente douce des dragons en pierre calcaire dansant avec la lune.

L'air est embaumé d'odeur fruitée de jasmin et celle, plus épicée, d'encens. Le sol est parsemé de pétales blanc ivoire de frangipaniers. À l'intérieur, un autel chargé de fleurs et de fruits célèbre Bouddha. Des moines en tunique orange et des novices en robe blanche y sont agenouillés. Au début de la cérémonie, un moine frappe sur un gong et tous se prosternent, paumes ouvertes, front touchant le sol. Il invoque avec respect le mantra : « Hommage au Bouddha de la Terre pure ! »

Nous imitons leur geste après chaque coup de gong. Les moines psalmodient en chœur un sutra. Nous écoutons le chant mélodieux et peu à peu, notre esprit anxieux se vide. Quelque chose de profond en moi émerge et lorsque l'esprit est apaisé, les larmes me montent aux yeux. Je reçois comme un message le sutra chanté. Une porte s'entrouvre dans mon cœur. Dans cette pagode, il se dégage une atmosphère de sérénité. Je sens que Pierre est aussi ému que moi par ce chant.

Thich Nhat Hanh a été ordonné moine en 1949 à l'âge de vingt-trois ans. Thich est un nom bouddhiste que portent tous les moines acceptés dans la grande famille bouddhiste. C'est la traduction de « Shak » de Shakya, nom du clan du Bouddha.

Dans *Esprit d'amour, Esprit de paix*[2], Thich Nhat Hanh raconte qu'en 1946, en pleine guerre d'Indochine, deux soldats français sont arrivés à la pagode Tu Hiêu en jeep. L'un d'entre eux a réclamé, menaçant et pistolet au poing, la réserve de riz des moines. Âgé d'une vingtaine d'années, ce soldat était pâle et amaigri, apparemment, il avait faim. Thây, alors jeune novice, a été chargé de transporter le précieux sac de riz de la communauté monastique vers la jeep. Thây sentait monter en lui une « vague de colère et de désespoir ».

[2] *Esprit d'amour, Esprit de paix*, Thich Nhat Hanh, JC Lattès, 2006.

Au fil des années, Thây dit avoir souvent pensé à ce soldat français de son âge qu'il ne connaissait pas, mais qui, dès la première rencontre, était déjà son ennemi. En d'autres temps et d'autres lieux, il aurait pu être son ami. Confronté à la guerre si jeune, Thây, au lieu de cultiver en lui des graines de colère et de haine, est devenu un ardent activiste de la paix.

« Hommage au Bouddha de la Terre pure ! s'exclame Pierre. Il faut que je cite régulièrement ce mantra, du matin au soir, pour éloigner les pensées négatives. J'aimerais en savoir plus sur le Maître zen vietnamien. »

Pierre est abattu et triste en prononçant ces paroles. J'ai envie de lui dire comme le suggère Thây : « Je sais que tu souffres et je suis là pour toi ! ». Mais la pudeur m'a empêchée de prononcer ces paroles si simples. Je n'ai pas trouvé les mots et je ne vais pas y arriver maintenant. Ce n'est pas encore le temps, ce n'est jamais le temps. Je ne suis pas prête. Au lieu de cela, d'un ton dégagé, je lui dis :

« Bien volontiers, je partagerai avec toi le riche enseignement du Maître et le fruit de mes recherches. Il nous faut un peu de pratique aussi, à commencer par la méditation zen. »

Je songe à Claire qui est en lutte contre sa maladie et à qui je n'ai pas su dire un seul bon mot de réconfort.

Chacun son chagrin
Oies de passage dans le ciel
Chacun sa souffrance.

9. La Méditation

La méditation est la base du bouddhisme zen. On apprend à méditer comme on s'exerce à lire et à écrire. Alors, essayons. Chaque matin, Pierre et moi pratiquons la méditation pendant une vingtaine de minutes. La méditation assise, *zazen*, constitue le cœur du bouddhisme zen. *Za* veut dire en japonais assis, et *zen*, méditation. Nous nous asseyons confortablement chacun sur un petit coussin, le dos bien droit, les jambes croisées. Cette position dégage les voies respiratoires et permet une bonne respiration. Nous mettons la main gauche dans la main droite, les pouces à l'horizontale se touchant par leurs extrémités. Nous inspirons. Nous expirons.

Si des images et des idées défilent dans notre esprit, il faut les laisser passer comme les nuages dans le ciel. Cela me fait sourire. Les moines comparent ces pensées qui fusent de tous bords, tous côtés, à des singes agités sautant de branche en branche. Puis peu à peu, ce bavardage cesse. Le torrent des mots inutiles devient un petit ruisseau sec et on retrouve le silence en soi.

Je me souviens d'une séance de méditation en compagnie de neuf cents personnes. Nous étions dans une salle de spectacle de cirque à Montréal sous la voûte scintillante de lumières bleues comme des myriades d'étoiles. Sur la scène où on a l'habitude de voir s'élancer dans les airs acrobates et trapézistes, un faisceau de lumière nous dévoila un moine en tunique couleur bordeaux. Cette teinte indique qu'il s'agit bien d'un moine du Tibet, disciple du Dalaï-lama.

En effet, Matthieu Ricard nous est arrivé de très loin, de son ermitage au Népal face aux sommets de l'Himalaya. Scientifique de haut niveau, il a tout quitté pour devenir moine bouddhiste à vingt-six ans. Photographe, écrivain et traducteur du Dalaï-lama, il se consacre à Karuna-Shechen, une organisation humanitaire qu'il a fondée pour venir en aide aux populations défavorisées en Inde, au Népal et au Tibet.

Matthieu Ricard a projeté sur un écran géant des photos prises de la terrasse de son ermitage au Népal : sommets himalayens, rizières en terrasses, toits de monastère dans la brume. Il nous a dit que de tels endroits favorisaient la méditation et l'observation des pensées. Celles-ci surgissaient de nulle part et se dissolvaient comme le son d'une cloche qui s'estompait.

« Si je vous avais invités à une séance de pratique de la jalousie au lieu de la méditation, seriez-vous venus aussi nombreux ? Personne ne veut souffrir, tout le monde aspire à être heureux, n'est-ce pas ?

– Oui ! » répondit l'auditoire d'une seule voix.

Nous avons appris la méditation avec Matthieu Ricard qui la pratiquait depuis plus de quarante ans. Pourquoi méditer ? Selon lui, nous déployons beaucoup d'efforts pour améliorer nos conditions matérielles, mais en fin de compte, c'est notre esprit qui fait l'expérience du monde et la traduit sous forme et de bien-être et de souffrance. Si nous transformons notre façon de percevoir les choses, nous changeons la qualité de notre vie. Et ce changement résulte d'un entraînement de l'esprit appelé « méditation ».

« Selon mon maître spirituel, Dilgo Khyentsé Rinpotché, si nous savons laisser nos pensées se dissoudre par elles-mêmes à mesure qu'elles surgissent, elles traverseront notre esprit de la même façon qu'un oiseau traverse le ciel : sans laisser de traces, » affirma-t-il.

Nous avons appris à inspirer et à expirer paisiblement, à étendre nos bienveillantes pensées à nos proches et à nos amis que nous aimons, et même à des personnes que nous apprécions moins. Selon Matthieu Ricard, « le sentiment exacerbé de l'importance de soi n'engendre que tourments alors que l'amour altruiste et la compassion sont les antidotes les plus puissants à notre souffrance ». L'ego se nourrit de la rumination du passé et de l'anticipation de l'avenir, mais ne peut survivre dans la simplicité du moment présent. Abandonner cette fixation sur l'ego et ne plus s'identifier à lui permet de gagner notre liberté intérieure.

Cette séance de méditation a eu lieu six mois après un important séisme au Népal qui avait causé la mort de milliers de personnes. Une fois les caméras éteintes et les journalistes partis, il restait un travail colossal à faire pour soulager les communautés. Matthieu Ricard avait multiplié ses démarches dans le monde entier pour l'aide aux sinistrés. Et il était là devant nous, calme et détaché, à nous apprendre à éprouver de la compassion dans nos pensées et à être plus altruistes dans notre vie quotidienne grâce à la méditation. Il a raconté que sur le point de faire un long séjour dans son ermitage, il a demandé à Sa Sainteté le Dalaï-lama de bien vouloir lui donner quelques conseils, celui-ci lui a répondu : « Au début pratique de la compassion, au milieu pratique de la compassion et à la fin pratique de la compassion ».

Sur la méditation, Milarépa, grand Maître et poète du bouddhisme tibétain, dit ceci dans toute sa sagesse :

Au début, rien ne vient
Au milieu, rien ne reste
À la fin, rien ne part.

10. La Modestie

Avant le séisme, j'ai pu visiter le Népal, pays fascinant situé sur le versant sud de l'Himalaya qu'on appelle « La Demeure des Dieux ». Le Népal se trouve au carrefour des civilisations séculaires, l'Inde et la Chine, et sur le chemin de l'hindouisme et du bouddhisme. Au centre-ville historique de Katmandou, j'ai été saisie par la dévotion. Dans la rue, des pèlerins allumaient des lampions au beurre sur des autels et actionnaient des moulins à prières.

Mes pas m'amenèrent au sanctuaire bouddhiste de Bodnath, le plus vénéré avec son stupa datant du XIVe siècle. C'est un immense dôme blanc coiffé d'une pyramide dorée avec à sa base une structure cubique ornée de chaque côté de paires d'yeux de sagesse et de compassion. Ils symbolisent l'omniprésence du Bouddha qui est dans tout être et dans toute chose. Des guirlandes de drapeaux de prière rectangulaires et colorés claquaient au vent. Des formules sacrées y sont inscrites : paix, bénédiction et protection, pour que le vent les amène au ciel.

Autour du dôme circulaient dans un mouvement lent et régulier dans le sens des aiguilles d'une montre, pèlerins et moines en robes bordeaux, des disciples du Dalaï-lama. L'afflux de réfugiés tibétains au cours des années rendait ce lieu de culte encore plus animé. Chants de moines, roulements de tambours, sons de gongs, tout se mélangeait dans une atmosphère de vénération. La tête me tournait et j'étais moi-même emportée par ce flot de ferveur spirituelle.

Dans ce pays surnommé aussi « Les Marches qui donnent accès au Paradis », qui n'essaie pas de monter quelques minuscules marches ? Qui ne veut pas se rapprocher un peu de l'absolu ? L'occasion m'a été offerte par ma collègue népalaise, Nisha, qui m'invita à visiter sa maison natale. Un autobus nous déposa à l'entrée de son village en bordure de Katmandou. Nous empruntâmes une piste pierreuse menant à un plateau. À la rencontre de quelques habitants qu'elle connaissait, Nisha s'inclinait légèrement en joignant les paumes des mains devant le visage en disant : *Namaste*.

« *Namaste* signifie "je salue le dieu ou la déesse en vous", expliqua Nisha. Ce simple geste a une profonde signification spirituelle. Il s'agit de réduire son propre ego face à la personne devant soi et d'embrasser la modestie, telle est la leçon du non-soi du bouddhisme. »

Des cultures en terrasses de riz et d'orge se multipliaient à flanc de montagnes sculptées. Nous nous approchâmes d'une maison antique en pierre avec une porte massive en bois, celle de Nisha. Mes yeux faisaient le tour des basses vallées et des hauts sommets himalayens. Je suis arrivée à un point vertigineux de l'espace et de ma propre existence.

Là-bas, au loin, comme dans un rêve, culmine à plus de huit mille huit cents mètres Chomolungma, Déesse mère du Monde, le mont Everest pour l'Occident. Je ne pourrai jamais l'atteindre, mais c'est une direction comme un phare au loin. On dit beaucoup de choses sur l'Âme du monde, je sais maintenant où elle réside. Elle habite ici sur ce pic enneigé où paix et liberté sont infinies.

Déesse des vents
Qui veille sur le monde
Terre de liberté.

11. Le Partage

J'ai choisi le restaurant Tinh Tâm à Huê pour sa cuisine végétarienne pour déjeuner avec Pierre. Tinh Tâm veut dire Âme Tranquille. Le décor traditionnel est soigné avec des tables et des chaises en bois laqué. Des palmiers sont disposés dans de grands vases en céramique blanc et bleu. Le restaurant forme de jeunes orphelins aux métiers de la restauration. Les profits sont reversés à l'orphelinat tenu par des moniales de la pagode Duc Son.

« À partir du XVe siècle, les Vietnamiens de la plaine du fleuve Rouge ont amorcé une longue Marche vers le Sud, *Nam Tiên*, pour conquérir des territoires aux dépens du royaume du Champa, dis-je.

– L'actuel Centre du Viêt-Nam couvre donc cet ancien royaume.

– Oui. Les Cham étaient d'excellents marins et les Vietnamiens de bons agriculteurs. Ces derniers avançaient et occupaient peu à peu la terre. On dit que cette marche de plus de deux siècles est pareille aux vers à soie grignotant sans relâche les feuilles de mûrier. Elle a mené à la disparition du Champa au début du XVIIe siècle. Les Cham constituent maintenant une des cinquante-quatre minorités ethniques du Viêt-Nam. La cuisine de Huê est composée de plats raffinés préparés jadis pour la cour impériale et de plats populaires. En raison de l'influence du Champa hindouiste, la nourriture est épicée ici. On utilise davantage de piment, d'anis étoilé, de gingembre, du curcuma et de la cannelle, comme dans la cuisine indienne.

– J’adore ces épices. Tu sais, Vân, que je peux les trouver dans les marchés asiatiques à Montréal. »

Un jeune serveur arrive avec du thé au jasmin, des bols et des baguettes. À son air gauche et timide, je vois bien qu’il est en plein apprentissage de son métier.

« Bonjour ! Comment t’appelles-tu ? Viens-tu d’ici ?

– Je m’appelle Tung, dit-il. Je suis en stage cette semaine. J’habite comme mes camarades à l’orphelinat Duc Son. Comme plats du jour, nous avons des soupes, des rouleaux, des crêpes de Huê et du riz aux légumes.

– Cela nous convient parfaitement, merci. »

La ville de Huê, située au sud du 17e parallèle, ancienne ligne de démarcation entre le Sud et le Nord, a été durement atteinte pendant l’offensive communiste du Têt, la nouvelle année lunaire en 1968. Elle a subi les invasions des communistes, les bombardements massifs des Américains et les contre-attaques des soldats du gouvernement de Saigon. Il y a eu beaucoup de victimes parmi la population civile. Adolescente, j’ai été marquée par les images à la télévision de corps enchevêtrés dans les charniers de Huê. Une grande partie de l'ancienne Cité impériale a été endommagée.

Que dire de la grande offensive finale en 1975 nommée la Campagne Hô-Chi-Minh, en l’honneur de « Celui qui éclaire » ? Les Vietnamiens du Nord amorcèrent une nouvelle Marche vers le Sud. Des milliers d’habitants de Huê, baluchons sur l’épaule, s’enfuirent. Mais où aller ? Il n’y avait plus d’avions ni de bateaux. Ils furent pris au piège entre la mer et les routes bondées. Je les vois encore dans ma tête, déplacés comme tant d’autres dans le monde, transportant leurs maigres biens, les yeux hagards, abandonnés à eux-mêmes. Cette fois-ci, l’avancée des Nordistes ressemblait plutôt à un tsunami, une marée puissante et inexorable, broyant tout sur son passage.

La guerre terminée, le Centre demeure l'une des régions les moins favorisées économiquement du pays en raison de l'étroitesse de ses terres et de la fréquence des typhons et des inondations. Si le Ciel crée l'éléphant, il crée aussi l'herbe, dit le proverbe. Les habitants d'ici sont dotés d'une résilience extraordinaire. Après chaque catastrophe naturelle, ils se relèvent, retroussent leurs manches et reconstruisent. Leurs maisons ont été rebâties et plusieurs monuments de la Cité impériale sont en restauration, pierre par pierre, un long travail d'artisans.

Le jeune Tung arrive avec un plateau chargé. Il place un à un les plats sur la table. Pierre lui pose avec intérêt des questions sur les épices qui accompagnent chaque plat. À cet instant, mon ami n'est pas à mes yeux une personne malade, il apparaît tel que je le connais depuis toujours, un gourmet heureux et ravi, sachant qu'il va prendre un repas délicieux.

Nous dégustons une soupe aux nouilles blanches parfumée à la citronnelle et à la coriandre. Pierre dévore des rouleaux croustillants et farcis de carottes, de vermicelle et de champignons. Je goûte avec plaisir des crêpes de riz de Huê fondantes. Le riz aux légumes et noix de cajou accompagné d'une sauce pimentée au sésame grillé est délicieux. Par habitude, les Vietnamiens mangent beaucoup de légumes.

« Depuis plus de deux millénaires, les pratiquants bouddhistes sont végétariens, dis-je. Pour Thich Nhat Hanh, le repas est un heureux moment de partage. Il nous conseille de manger en pleine conscience[3]. Quand la nourriture est sur la table et que tout le monde est assis, on pratique la respiration trois fois : J'inspire, je calme mon corps. J'expire, je souris. Il suggère aussi de manger en silence pour en tirer toutes les saveurs.

---

[3] *Savourez. Mangez et vivez en pleine conscience*, Thich Nhat Hanh, Lilian Cheung, Éditeur Guy Trédaniel, 2011.

– Je suis déjà allé dans un restaurant à New York pour manger un repas végétarien en silence, dit Pierre. Il fallait réserver longtemps à l'avance et payer une petite fortune. C'est un chef français étoilé qui préparait les plats. Chaque convive devait fermer son téléphone portable sous peine d'être invité dehors avec son plateau.

– Selon Thây, il faudrait développer sept habitudes à chaque repas : honorer le repas en se parlant avec gentillesse, faire participer tous ses sens en mangeant, se servir de portions modestes, mastiquer de vingt à trente fois chaque bouchée, ne pas sauter de repas et manger beaucoup de légumes. En plus de la compassion pour les animaux, Thây est préoccupé par les problèmes environnementaux causés par des méthodes intensives d'agriculture et d'élevage.

– Il ne peut trouver une oreille plus attentive, dit Pierre. Il est vrai que depuis mon opération chirurgicale, je suis devenu de plus en plus végétarien, c'est un choix tout à fait naturel. »

Pierre est détendu. Je regarde les jeunes serveurs et serveuses qui vont et viennent entre les tables. Nous sommes bien loin des restaurants huppés de New York et nous nous sentons bien ici. Âme tranquille, ce restaurant porte bien son nom et ce repas est une parcelle de bonheur. La vie est faite de milliers de pépites de bonheur comme celle-ci, il faut en prendre bien soin.

Pépites de bonheur
À conserver dans mes mains
Pour les jours de pluie.

12. Le Dialogue

Huê a été l'une des villes préférées de Claire et Bertrand lors de leur séjour au Viêt-Nam. Ils m'ont raconté leur mémorable visite de la Cité impériale avec leur guide francophone, Tôn Thât Nguyên. Dans la cinquantaine, leur guide était aussi professeur de français au lycée Hai Ba Trung. Portant le fameux patronyme Nguyên précédé de la particule Tôn Thât, il était un descendant proche de la famille royale.

« La Cité impériale, *Kinh-Thanh*, a été construite par l'empereur Gia Long en 1802 selon les principes de la géomancie qui favorise l'harmonie entre l'architecture et la Nature, dit Monsieur Nguyên. Tous les empereurs, y compris le dernier, Bao Dai, ont habité ici. »

C'est par l'imposante porte du Midi au toit embelli de sculptures de dragons que les visiteurs entrent dans la Cité impériale. Elle est surmontée d'un immense belvédère.

« C'est sur ce belvédère des Cinq Phénix que l'empereur vêtu d'une robe en soie jaune brodée de dragons promulguait à chaque année le nouveau calendrier lunaire, expliqua Monsieur Nguyên. C'est également ici que Bao Dai a abdiqué en 1945, mettant fin à la dernière dynastie impériale de cent quarante ans. »

Mes amis et leur guide ont franchi le Pont d'or surplombant un bassin couvert de nénuphars dans lequel nageaient des carpes. Ils sont arrivés à l'Esplanade des Grandes Salutations où se regroupaient jadis mandarins civils et militaires en grandes robes lors des cérémonies officielles.

Au bout de l'Esplanade s'élève le Palais de la Suprême Harmonie aux quatre-vingts colonnes vermillon avec des sentences confucianistes dorées en caractères sino-vietnamiens. L'empereur y recevait en audiences solennelles des ministres, visiteurs et ambassadeurs.

« La Chine, l'empire du Milieu, a occupé le Viêt-Nam pendant mille ans jusqu'au Xe siècle, expliqua Monsieur Nguyên. Nos souverains avaient reçu une éducation confucianiste et bouddhiste mettant l'accent sur l'élévation de l'âme. Comment pouvaient-ils résister aux canonnières occidentales ? Durant la colonisation française de cent ans, plusieurs empereurs Nguyên ont été déposés et certains ont connu une mort subite. Ceux qui s'étaient rebellés comme les empereurs Ham Nghi et Duy Tân, ont été exilés, l'un en Algérie et l'autre à l'île de La Réunion. Leurs descendants y vivent encore. »

Mes amis sont allés ensuite au Temple des souverains Nguyên contenant leurs tablettes funéraires. Dans la cour trônent neuf Urnes dynastiques géantes en bronze. Quelques pavillons étaient en restauration, mais il restait un immense terrain vague avec des murs d'enceinte en ruines. Lors de l'offensive du Têt en 1968, Huê a été occupée par l'armée communiste pendant un mois.

« Les Français ont été forcés de quitter le Viêt-Nam en 1954 après la défaite de Diên-Biên-Phu, mais les Américains les ont remplacés dans les années 1960. La guerre américaine a duré une quinzaine d'années jusqu'à la chute de Saigon et la réunification du pays en 1975.

– Vous avez vaincu la plus puissante armée du monde, celle des États-Unis d'Amérique, c'est impressionnant, dit Bertrand. L'ancien Secrétaire d'État à la Défense Robert McNamara a reconnu en 1995, soit vingt ans plus tard, que cette guerre était une énorme erreur.

– Bien, nous sommes en paix maintenant. Le Viêt-Nam a rouvert ses portes depuis la politique du Renouveau en 1986, mais il y a encore beaucoup à faire.

– Il y a une atmosphère de douceur ici. Je trouve que les habitants de Huê sont gentils et attachants, dit Claire.

– Merci pour ce compliment. Je crois que les guerres et les désastres naturels ont renforcé les liens entre nous. C'est en s'unissant qu'on survit. Dans la société nouvelle, nos jeunes ont soif de savoir. Si vous avez le temps, je vous invite à notre lycée. J'ai un cours en fin d'après-midi.

– Bien volontiers, ce sera avec grand plaisir ! » dit Claire.

Au lycée Hai Ba Trung, nommé en hommage aux légendaires deux sœurs Trung qui avaient combattu les Chinois il y a plus de deux mille ans, Claire et Bertrand ont été chaleureusement accueillis par les élèves de la classe mixte de Monsieur Nguyên. Après avoir fait les présentations, celui-ci les a invités à faire de la conversation en français avec ses élèves pour les aider à perfectionner leur accent.

Claire et Bertrand, anciens professeurs, se trouvaient dans leurs éléments. Ils étaient ravis de se trouver devant des élèves curieux de tout. Pendant une heure, comme des bouffées d'air frais, les questions fusaient, parfois hésitantes et souvent ponctuées de rires. Mes amis ont fait de leur mieux pour dialoguer avec la jeune génération de Huê qui était plus que jamais déterminée à apprendre et à découvrir le monde.

Cité impériale
Sculptures de laques et d'or
Des matins radieux.

13. La Joie

Si le zen invite à vivre pleinement le moment présent, le haïku décrit l'émotion de l'instant en une poignée de mots. C'est grâce au poète Sôseki que j'aime le haïku. Je savoure la délicatesse de ses courts poèmes, merveilleuses notes d'une musique subtile. Trois vers, dix-sept syllabes, un rythme 5-7-5. Il y a un grand lien entre zen et haïku. Les grands poètes japonais de haïkus classiques comme Ryôkan et Bashô étaient aussi des moines zen. Chiyo-ni était poétesse de haïkus avant d'être moniale zen.

L'émotion de l'instant peut modifier une vie comme celle de Pierre. On suit son chemin avec confiance et un jour, quelque chose arrive, il faut changer de direction. Je me rappelle comme si c'était hier de l'opération chirurgicale de Pierre. Il m'avait demandé de rester quelques jours chez lui à sa sortie de l'hôpital. Il habitait en haut d'une tour au centre-ville à Montréal. Lorsque je frappai à sa porte, l'homme en peignoir brun qui m'ouvrit était plié en deux par la douleur. Pierre marchait d'un pas lent sur le tapis.

« Ah, te voilà ! dit-il. J'ai l'impression d'avoir cent ans. À mon réveil à l'hôpital, j'avais mal partout. Tous mes muscles étaient endoloris comme si je m'étais fait passer dessus par un rouleau compresseur. Je ne te donnerai pas de détails sur l'opération chirurgicale qui a duré plusieurs heures, je n'en sais pas plus, mais le chirurgien m'a dit qu'elle était réussie.

– Tiens, prends mon bras, appuie-toi sur moi, on y va doucement, dis-je.

– Lorsqu'on m'a retiré les pansements, je me suis regardé dans le miroir. J'ai vu un inconnu au visage pâle, aux joues creuses et au regard hébété. J'ai regardé derrière moi et il a fait de même. Cela m'a pris quelques secondes pour réaliser que cet inconnu, c'était moi. Je me suis un peu redressé le dos et j'ai vu la cicatrice du haut des côtes jusqu'en dessous du nombril. J'ai poussé un cri rauque. J'ai eu peur que les agrafes qui relient les deux bords ne se détachent et que ça s'ouvre.

– Ne sois pas inquiet ! Ta cicatrice va tenir, tout va bien se passer. »

J'assurais une présence tranquille alors que Pierre dormait profondément sous l'effet de calmants et d'antibiotiques. Il se réveillait de temps à autre pour prendre un potage. Il faisait quelques petits pas dans l'appartement. Sur sa terrasse avec vue sur le fleuve Saint-Laurent, Pierre disposait d'un jardin zen miniature. Au lieu des fleurs qui distraient l'âme du visiteur, le jardin zen avec ses rocs posés sur du sable l'aide à contempler plus « en profondeur ». Le sable représente une image du vide.

Cela tombait bien. Je relisais *Choses dont je me souviens*[4] de Sôseki. J'aime particulièrement ce grand écrivain et poète. Ses romans décrivent des personnages fragilisés par la transition du Japon de la féodalité à la modernité. En 1910, entré à l'hôpital pour soigner un ulcère à l'estomac, Sôseki fut terrassé par une hémorragie qui l'avait laissé sans connaissance pendant trente minutes. Revenu à la vie, l'écrivain nota ses impressions malgré son extrême faiblesse : « Je n'ai pu m'empêcher d'être envahi par ce qu'il faut bien appeler de la terreur. En proportion de cet effroi, la joie d'avoir eu la vie sauve à deux doigts de la mort était elle aussi exceptionnelle ».

---

[4] *Choses dont je me souviens*, Sôseki, traduit du japonais par Elisabeth Suetsugu, Éditions Philippe Picquier, 2000.

Pendant sa période de convalescence, Sôseki ressentait un doux flottement, une sorte de paix de sa conscience libérée des soucis quotidiens : « Je conservai son souvenir délicieux jusqu'à en faire la mémoire du bonheur ». En état de grâce, cette clarté dans sa pensée lui a facilité l'écriture de plusieurs haïkus et *kanshi*, poèmes en chinois classique, qui donnent une saveur si particulière à ce beau livre sur la poésie et la vie.

Dans son journal personnel, Sôseki a noté : « Joie. À deux doigts de la mort. J'ai pu me retenir au fil de la vie. Je suis heureux. ». Il a aussi composé ce haïku :

La vie est revenue
Joie
O les chrysanthèmes de l'automne[5].

Quelques jours plus tard, le chirurgien informa Pierre que les tissus prélevés n'étaient pas cancéreux. Mon ami en fut grandement soulagé. Comme Sosêki, Pierre ressentait une joie intense, celle de pouvoir respirer et d'être encore « plus » vivant. Du coup, il oubliait la douleur et se sentait déjà beaucoup mieux. Après des années à travailler avec acharnement, la vie à cent à l'heure sous les feux de la rampe a miné la santé de Pierre. Pendant sa convalescence, il a pu réfléchir dans le calme. Il a réalisé que malgré le succès professionnel, il y avait une certaine insatisfaction au fond de lui-même.

« La radio est diffusée en continu dans ma tête et je ne parviens pas à l'arrêter, dit-il. Je souffre d'une sorte de vide intérieur dont j'ignore le nom.

– C'est ce que Thich Nhat Hanh nomme radio Pensées non-stop. Il a même un sigle pour ça : PNS. Notre esprit est plein de bruits, nous n'entendons pas l'appel de la vie.

---

[5] *Haïkus*, Sôseki, Traduction de Elisabeth Suetsugu, Éditions Philippe Picquier, 2001.

– Justement, mon corps m'avait envoyé des appels au secours que je n'avais pas entendus. Sur la table d'opération, je me suis juré que si je m'en sortais, je quitterais tout. J'ai pris une décision, dans trois mois, je partirai pour Maya Plage.

– Où se trouve Maya Plage ? dis-je, surprise.

– Un lieu éloigné de la civilisation dans un coin perdu en Amérique centrale. La vie est si courte. Pourquoi faut-il attendre d'être au bord du précipice pour changer de chemin ? »

Ici et ailleurs
C'est maintenant ou jamais
Le chant du toucan.

14. La Lecture

J’ai lu des livres écrits par des personnes atteintes de maladies graves et des témoignages par leurs proches. La vieillesse, la maladie et la mort, longtemps des sujets tabous dans une société où on valorise à l’excès la jeunesse, la beauté et la célébrité, sont devenues des thèmes importants. Ces livres, qui parlent de douleur et de souffrance, mais aussi de grâce et de lumière, sont pour moi une source de richesse infinie.

Déjà à l’école primaire à Saigon, j’aimais beaucoup lire. Au Centre scolaire Colette, chaque vendredi, quel plaisir lorsque la maîtresse ouvrait les portes d’un bahut rempli de livres. Chaque élève pouvait emprunter un seul livre. Je terminais vite le mien et je l’échangeais contre celui de Yên et de Tuân, mes copines de classe. « L’or vaut son prix, mais la connaissance est hors de prix, » disait ma mère qui n’avait pas eu la chance de terminer l’école de son village à Sadec dans le delta du Mékong. Elle me répétait souvent : « Quand on sait lire et écrire, on est libre à jamais ! ».

Plus tard, j’ai découvert sur mon chemin menant au lycée français Marie-Curie, une nouvelle bibliothèque dans une ancienne villa. La vue de livres bien rangés sur les étagères me comblait de joie. Je trouvais refuge dans la lecture. J’avais l’impression d’être intouchable et que personne ne pouvait me faire du mal. Les livres constituaient pour moi un rempart protecteur contre la guerre. Lire pour oublier la violence dehors. Lire pour conjurer le mauvais sort.

Les livres m'ont peut-être gardé la vie sauve au milieu des années 1960 avec la montée de la guerre américaine au Viêt-Nam. Des grenades explosaient dans des cafés-terrasses bondés de jeunes au centre-ville de Saigon. La mort nous guettait au tournant et n'annonçait pas sa couleur. Lire pour apprendre. Les livres m'ont instruite, m'ont fait rêver et m'ont invitée aux voyages. Lire pour m'en sortir. Les livres m'ont permis de réussir mon baccalauréat, une question de vie ou de mort pour nous les jeunes dans un pays en guerre. Grâce aux énormes sacrifices de mes parents et aux encouragements de ma mère, j'ai pu continuer mes études en Europe.

Le parfum des livres que nous avons aimés[6], de Will Schwalbe, éditeur américain, m'a beaucoup touchée. L'auteur raconte le déroulement d'un « Club de lecture » qui compte deux seuls membres, lui-même et sa mère, Mary Anne, atteinte d'un cancer incurable. Ensemble, ils ont lu des dizaines de livres et passé des centaines d'heures à l'hôpital au cours des vingt-quatre mois précédant le décès de Mary Anne.

Will Schwalbe raconte que lorsqu'il accompagnait sa mère à des séances de chimiothérapie, ils avaient l'occasion de partager leurs opinions sur les livres qu'ils avaient lus, sur leur famille et sur la vie en général : « Maman m'a appris que lire n'est pas le contraire de faire, mais celui de mourir. »

Mary Anne lisait pour continuer à vivre.

Très engagée sur le plan humanitaire, Mary Anne travaillait sans relâche au cours des derniers mois de sa vie pour collecter des fonds en faveur de la création de la Bibliothèque universitaire de Kaboul, en Afghanistan. Cette bibliothèque permettrait à des centaines de jeunes Afghanes de s'affranchir un jour du joug des traditions.

---

[6] *Le parfum des livres que nous avons aimés*, Will Schwalbe, Éditions Belfond, 2013.

Will Schwalbe rend un vibrant hommage aux livres et à leurs auteurs, et aussi à sa mère qui, face à la maladie, avait fait preuve de beaucoup de stoïcisme et de courage : « Je ne pourrais jamais plus lire les livres préférés de ma mère sans penser à elle – et je sais que lorsque je prêterai ou recommanderai l'un de ces ouvrages, quelque chose de ce qui l'aura habitée passera dans leurs pages, qu'une part de ma mère vivra en ces lecteurs ».

En pensant à ma mère qui avait tout fait pour favoriser mon éducation, à chaque affectation de mon organisation humanitaire, je réunissais pendant mon temps libre, patiemment et méthodiquement, des centaines de livres, généreux dons de maisons d'édition, pour les apporter à une bibliothèque locale. Les yeux remplis de joie des jeunes lecteurs et lectrices étaient ma récompense. Je me souvenais de la petite bibliothèque de Saigon qui m'avait ouvert l'esprit sur le monde.

Pour Mary Anne, lire est le synonyme de faire et de vivre. Lire est le contraire de mourir.

J'ai l'intime conviction que les récits de ces auteurs sont une grande leçon qui m'aide à assumer mon karma et accepter ma propre finitude. Assumer et accepter, mon aventure humaine se résumerait peut-être en ces mots.

On naît et on meurt
Petite aventure humaine
L'espace d'un instant.

15. La Non-Violence

Ce matin, Pierre et moi visitons la pagode de la Dame Céleste avec les mêmes sampaniers qui nous ont conduits à la pagode Tu Hieu il y a quelques jours. La jeune sampanière, Chi Hai, nous offre un thé vert sur un plateau avec de délicieux biscuits aux amandes.

« Pourquoi l'appelle-t-on pagode de la Dame Céleste ? a demandé Pierre.

– La légende raconte qu'une dame vêtue de rouge est apparue sur la colline, dit Chi Hai. Elle a prédit qu'un grand seigneur érigerait une pagode à cet emplacement afin de protéger la ville. Saisi par la beauté des lieux, le seigneur Nguyên Hoang a fait élever en 1601 cette pagode en l'honneur de la dame mystérieuse qu'il a surnommée Thiên-Mu, la Dame Céleste. »

Le sampan s'amarre au quai. Nous montons sur la colline qui abrite la pagode de forme octogonale comptant sept étages. Ceux-ci correspondent aux sept niveaux d'évolution de l'être humain et aux sept cieux dans la cosmogonie bouddhiste. Au fil des siècles, la pagode a été plusieurs fois détruite et reconstruite.

Sur l'autel du sanctuaire principal, trois statues représentent le Bouddha du passé, le Bouddha historique et le Bouddha de l'avenir. L'atmosphère est solennelle. J'allume des baguettes d'encens. Nous nous inclinons trois fois les mains jointes en faisant nos vœux. Devant les Bouddhas aux yeux mi-clos, je prie de tout cœur pour que mon ami conserve sa sérénité.

La pagode de la Dame Céleste a été le théâtre pendant l'été 1963 de manifestations de moines contre la répression antibouddhiste du régime de Ngô Dinh Diêm. Près de la sortie, j'aperçois, à ma grande surprise, exposée comme une relique, la voiture Austin bleue qui avait transporté le révérend Thich Quang Duc à Saigon.

Je n'oublie pas, malgré le temps, cette période troublée de ma ville natale où j'ai vécu une bonne partie de la guerre du Viêt-Nam. Les États-Unis avaient massivement envoyé des soldats au Sud Viêt-Nam pour soutenir le gouvernement Diêm. Des manifestations anti-Diêm avaient lieu plusieurs fois par semaine. Je les regardais à travers la grille verrouillée de ma maison. Ma ville Saigon, surnommée « Perle de l'Extrême-Orient », était assiégée par des policiers armés et des soldats en treillis. C'était un lieu de perdition, un grand marché ouvert de prostitution et de drogues.

Un matin, des moines en robe safran arrivèrent non loin de chez moi. Un moine âgé descendit de la voiture Austin bleue et s'est assis en position de lotus. Un disciple l'arrosa d'essence et craqua une allumette. Thich Quang Duc s'était immolé par le feu pour protester contre le régime répressif sud-vietnamien. J'étais horrifiée par la photo du révérend, torche humaine, publiée à la première page des journaux. Cet événement tragique précipita la fin de Diêm qui fut lâché par Washington et renversé par un coup d'État en 1963 par ses propres généraux.

De 1961 à 1963, Thich Nhat Hanh séjourna aux États-Unis pour faire des recherches en études de religions comparées à l'Université de Princeton. À son retour, la guerre du Viêt-Nam s'était intensifiée et plus que jamais les principes bouddhistes de la non-violence et de la paix étaient nécessaires. Thây fonda l'Université bouddhique Van Hanh à Saigon et l'École de la Jeunesse pour le Service social.

L'École formait des jeunes bénévoles, moines, moniales et pratiquants laïcs, dans les domaines médical, éducatif, économique et social. Ils étaient ensuite envoyés dans des régions rurales pour contribuer à améliorer la vie des paysans : aider aux travaux des champs, construire des écoles et scolariser les enfants. Cette nouvelle forme de « bouddhisme engagé » n'était pas bien vue par le nouveau gouvernement militaire. La tâche de ces travailleurs sociaux était souvent difficile et dangereuse et plusieurs furent tués.

Thich Nhat Hanh a écrit un manuel de pratique de la pleine conscience pour aider ses compagnons à s'en inspirer pour avoir le courage de continuer. Cette pratique de la non-violence était sa seule défense contre la dictature et la guerre. Dans ce terrible conflit, Thây et ses compagnons étaient « neutres », en faveur de la paix. Ils avaient fait preuve d'un grand courage, car ils risquaient la prison, la torture et la mort. La « neutralité » pour la dictature militaire équivalait à un appui aux communistes.

Un soir de pleine lune en 1966 à Saigon, Thây créa l'Ordre de l'Inter-être. Selon lui, nous sommes tous « inter-liés ». Il n'y a pas de séparation entre nous-mêmes et le monde autour. Nous ne sommes pas isolés et notre bien-être dépend de celui d'autrui et réciproquement. Il faut éviter les paroles et les actes qui causent de la souffrance. En 1966, Thây fut invité aux États-Unis pour donner un séminaire sur la paix au Viêt-Nam à l'université Cornell dans l'État de New York et effectuer une tournée. Thây accepta l'invitation. Il trouvait que le gouvernement américain avait une perception erronée de la situation au Viêt-Nam. Il rencontra Martin Luther King qui le proposa au Comité Nobel pour le prix Nobel de la paix en 1967. Thây ne savait pas alors qu'il ne pourrait pas retourner dans son pays natal pour une très longue période.

16. L'Ailleurs

Cette histoire de Maya Plage, un lieu éloigné de la civilisation, Pierre me l'a racontée à maintes reprises et maintenant, à l'écouter, je ris encore. Une année avant son opération chirurgicale, un soir de tempête de neige à Montréal, Pierre était rentré de voyage, épuisé par une longue grippe. Son ami Jean l'avait invité dans un club privé pour rencontrer Robert, un promoteur immobilier. Celui-ci avait acheté une immense terre en Amérique centrale et l'avait divisée en parcelles pour les revendre. Cette région faisait partie jadis de l'empire Maya.

« Viens prendre un verre, dit Jean. Je vais acquérir un terrain là-bas. Tu me serviras de témoin. Tu n'es pas obligé d'acheter. »

Robert, charmant et éloquent, avait étendu un plan sur la table et expliqué son ambitieux projet de développement immobilier appelé « Maya Plage » sur une terre vierge entre jungle et mer. À côté des terrains résidentiels, il construirait une auberge, une clinique, un court de tennis, des rues, des parcs et bien davantage. Il organiserait des activités de sports nautiques et d'exploration archéologique. « Maya Plage sera un havre de paix pour nos futurs membres ! » assura Robert.

À ce moment-là, sans trop savoir pourquoi, Pierre avait demandé à Robert de lui prêter son stylo. Il avait pointé du doigt un terrain au hasard et signé l'acte d'acquisition. Ironiquement, son ami Jean qui n'avait rien acheté, lui avait servi de témoin. Pierre venait d'acquérir une portion de rêve.

Il en rêvait de cet endroit. Il endurait la pluie, la neige et le froid du Nord. C'est seulement un an plus tard que Pierre s'était rendu dans le Sud. Maya Plage enfin ! Le sable doré, les palmiers verts, la mer azur, c'était le paradis tropical sur terre. Il avait réservé une chambre à l'auberge Les Trois Palmiers, premier bâtiment en briques de l'endroit. Lorsqu'on lui montra le site de sa future maison, Pierre fut en état de choc.

« J'avais devant moi un terrain jonché de troncs d'arbres et de débris encore fumants. Mon terrain avait été nettoyé la veille de mon arrivée. J'ai perdu ma voix pour le reste de la journée. »

Bienvenue à Maya Plage !

« Le plan de Robert était bien beau sur papier, dit Pierre. En réalité, j'ai marché sur des bouts de sentiers noircis. Des odeurs âcres de fumée me montaient au nez. J'étais complètement atterré. »

Extrêmement déçu par les promesses non tenues de Robert Le Beau Parleur, surnom que nous avons donné depuis à ce promoteur intarissable, Pierre se dirigea vers la mer. Comme la marée était basse, il se rendit à pied sur un îlot, magnifique perle grise posée sur le sable doré. Cet îlot inattendu était un prolongement de sa propriété.

« Guiip, guiiit, guiiiiu ». « Tî-tî-tî, tî-tî-tî, tî-tî-tî ». Sifflements flûtés, cascades de sons aigus, notes claires et joyeuses. Pierre fut accueilli par des chants d'oiseaux provenant d'une petite forêt de palmiers, de pins et d'acacias. Colibris à gorge rubis, pics du Yucatan jaunes, orioles noir et orange et perruches vertes y trouvaient refuge. C'était le royaume des oiseaux.

« Je découvrais leurs silhouettes, leurs couleurs et leurs chants ! » dit-il, encore émerveillé.

De grands oiseaux aquatiques s'envolaient avec fracas des buissons. Deux pélicans à bec jaune rasaient les flots, portés par leurs ailes blanches en éventails. Un grand héron bleu était en train de pêcher sa nourriture. Dans cet espace libre et sauvage, Pierre se sentait comme au premier jour du monde. Il voulait connaître le nom des plantes, des arbres et des oiseaux de « son » îlot.

Le bord de mer était couvert de palétuviers, reconnaissables par leurs racines aériennes en arceaux qui pendaient du haut des branches, formant une mangrove verdoyante. De petits poissons nageaient dans l'eau claire entre les rochers qui leur servaient de protection. Des pas griffèrent le sol et des branches basses. Pierre eut le temps d'apercevoir un immense iguane aux allures de dinosaure qui rentrait sans se presser dans sa grotte.

Cet îlot tenait dans la main, c'était un monde à part. La découverte de ce trésor avec sa faune et sa flore réconcilia Pierre avec la vie. Tout était intact ici. Il retourna à l'auberge, le cœur un peu plus léger. Il découvrit sur sa route un petit village aux maisons en bois sur pilotis. Des femmes, en robes de coton blanc aux broderies colorées, cueillaient des oranges dans un jardin. Des hommes réparaient une barque sur la plage. Des enfants s'amusaient avec des jouets en bois. Pierre acheta une noix de coco et dégusta lentement le jus frais avec une paille, assis sur une banquette.

« Je regardais ces descendants Maya. Il y avait en eux beaucoup de simplicité, de douceur et de gentillesse. J'ai eu le coup de foudre pour les habitants de ce village. Là, je me suis tout de suite senti chez moi. »

Cette nuit-là, Pierre avait de la difficulté à dormir. Il sortit de l'auberge, suivit le sentier à la clarté lunaire et arriva devant son terrain. Il écouta les crissements des insectes et le bruit des vagues.

« Des étoiles scintillaient dans le ciel. Elles étaient si basses que j'aurais pu les cueillir à la main. J'ai vécu là, seul, au bord du chemin, un moment d'une rare intensité. J'étais submergé par une grande émotion. Dans le silence de la nuit, je savais que j'allais construire ma maison. »

Entre jungle et mer
Une demeure temporaire
Entre ciel et terre.

17. La Deuxième Noble Vérité

Bouddha a formulé ainsi la deuxième Noble Vérité :

« Voici, ô moines, la Noble Vérité au sujet de l'origine de la souffrance. C'est l'avidité qui renouvelle l'existence, accompagnée du plaisir et de la convoitise, qui trouve toujours par-ci par-là de nouvelles jouissances : en d'autres termes, la soif pour les désirs, la soif d'existence, la soif de non-existence. Mais quel est le terreau de cette avidité qui lui permet d'apparaître et de s'épanouir ? Partout où il y a une apparence de plaisir et de satisfaction, c'est là qu'elle surgit et prospère. »

La « soif » est l'origine de la souffrance. Le mot soif couvre l'attachement aux plaisirs des sens, à la richesse et à la puissance. Elle comprend également l'attachement aux idées, aux croyances et à la personnalité. Selon Bouddha, tous les malheurs, tous les conflits dans le monde, depuis les petites querelles en famille jusqu'aux grandes guerres entre nations, ont leurs origines dans cette soif. Il appelle les trois principales causes de souffrance les « trois poisons » : l'ignorance qui entraîne l'avidité et la haine.

Nous nous attachons à quelque chose qui est à l'extérieur de nous, car nous l'assimilons au bonheur. Nous voulons accumuler des choses, dominer des situations et « posséder » des êtres. Nous confondons souvent l'attachement à l'amour. L'attachement est une énergie tournée vers soi alors que l'amour est un sentiment dirigé vers l'autre. Si nous aimons sincèrement une personne, nous ne cherchons pas à la dominer, nous la laissons libre de ses choix.

L'ignorance mène aussi à l'avidité. Nous cherchons considération, estime et respect. Nous achetons, collectionnons et amassons. Mais quels que soient le succès que nous atteignons et le plaisir que nous avons, nous ne serons jamais satisfaits. Il y a un proverbe bouddhiste qui dit que deux montagnes d'or entières ne suffisent pas à combler les désirs d'une seule personne.

En parlant de souffrance, l'enseignement de Bouddha repose sur la notion de « non-soi ». Il y a l'attachement à sa personnalité, à son « soi ». Nous nous fabriquons une personnalité pour répondre aux exigences de la vie en société. Le mot personnalité provient de *persona*, qui signifie masque de théâtre. Nous portons tous un masque pour paraître à l'image de ce que nous pensons être et de ce que l'on attend de nous. Nous croyons qu'il existe un « soi » personnel qui fait de nous un être à part, unique et différent des autres. Le besoin d'adaptation nous oblige à escamoter certains aspects de notre vie intérieure. Comme nous sommes convaincus que notre ego est permanent alors que la réalité est changeante, interdépendante et multiple, nous vivons dans une perpétuelle illusion.

L'ignorance peut nous entraîner à détester ce que nous ne connaissons pas. Fondé sur une méprise, notre ego est constamment menacé, ce qui entretient en nous un profond sentiment d'insécurité et de mal-être. Ainsi, s'attacher de façon aveugle à toute personne, toute chose et toute situation est une cause de souffrance.

Bonheur et souffrance
Nous sommes en ce monde
Pour les partager.

18. La Spiritualité

Même en exil loin de son pays natal en pleine guerre, Thich Nhat Hanh est resté fidèle aux principes du bouddhisme zen. Dans les années 1970, Thây a obtenu l'asile politique en France. Il a fondé une première communauté bouddhiste zen nommée Les Patates Douces, à Fontvannes, en région Champagne-Ardenne. Les paysans pauvres vietnamiens, quand ils n'ont plus de riz, mangent des patates douces pour tenir jusqu'à la prochaine récolte. Ce nom permet aux moines et moniales de ne pas oublier les personnes les plus démunies au Viêt-Nam.

Cao Ngoc Phuong, ancienne professeure de biologie de l'Université de Saigon qui avait grandement contribué à l'œuvre de Thây au Sud Viêt-Nam, l'a rejoint en France. Devenue sœur Chân Không, Vraie Vacuité, terme bouddhiste qui signifie la nature ultime des choses, elle écrit dans *La Force de l'amour*[7] :

« Cela me peinait de voir Thây réduit à s'occuper d'un pot de menthe et d'un autre d'herbes violettes sur le rebord de sa fenêtre à Maisons-Alfort, aux environs de Paris. Aussi, nous décidâmes de trouver une maison bon marché à la campagne. Grâce à cette maison et à cette terre, nous arrivâmes à guérir quelques-unes de nos blessures et à apprécier la beauté de la campagne française. »

Thich Nhat Hanh y a rédigé ses livres-clés, dont *Le Miracle de la Pleine Conscience* et *Histoire du Bouddhisme au Viêt-Nam*.

---

[7] *La Force de l'amour*, Sœur Chân Không, Albin Michel, 2008.

En 1982, pour faire place à un plus grand nombre de réfugiés vietnamiens, la communauté a acquis à Thénac en Dordogne, pour « quatre francs le mètre carré », des terres entourées de collines rocheuses et une ferme avoisinante avec quelques vieux bâtiments en pierre. Le Village des Pruniers est né. Il est devenu un centre de pratique de la pleine conscience pour des milliers de visiteurs chaque année. Il s'étend sur trois départements : Dordogne, Lot-et-Garonne et Gironde. Centre de retraite, il s'est doté avec le temps de plusieurs hameaux : le Hameau du Haut, le Hameau du Bas, le Hameau Nouveau…

Dans *Esprit d'amour, Esprit de paix*, Thich Nhat Hanh écrit : « Nous avons décidé de planter mille deux cent cinquante pruniers. Les fonds nécessaires à ces plantations ont été fournis par les enfants qui venaient pratiquer au centre. Nous voulons produire de la confiture de prunes et de pruneaux que nous vendrions ensuite pour venir en aide aux enfants qui souffrent de la faim dans le monde ».

Dans la tradition bouddhiste, la fleur de prunier est le symbole de la pureté et de l'énergie spirituelle. C'est là que Thây perfectionnait ses cinq enseignements sur la pratique de la pleine conscience : protection de la vie, bonheur véritable, amour véritable, parole aimante et écoute profonde, transformation et guérison.

Thây dit que « toutes les fleurs de l'avenir sont dans les semences d'aujourd'hui. Nous avons tous en nous de bonnes graines positives comme la bonté, la compassion et le courage et des graines négatives comme l'avidité, la jalousie et la peur ». Thây croit que si une personne qui grandit en temps de guerre ou dans une famille ou une communauté où il y a une grande souffrance, elle risque d'être pleine de désespoir et de peur. Si elle a eu des parents qui ont beaucoup souffert et qui avaient peur du monde et des autres, elle aura transmis cette peur et cette colère à ses enfants.

J'ai grandi dans un pays en guerre et j'ai eu très jeune mes moments de doute envers l'humanité. Le traumatisme est profond. Thây pense que si les graines positives sont arrosées dans la vie d'une personne, c'est en partie de la chance et en partie grâce aux efforts réalisés : « Les circonstances de nos vies peuvent nous aider à arroser des graines de patience, de générosité, de compassion et d'amour. Les gens autour de nous peuvent nous aider à arroser ces graines, de même que la pratique de la pleine conscience. »

Je dois me référer à des graines positives en moi et autour de moi, les arroser pour qu'elles deviennent des fleurs et embellissent ma vie. Dans l'humanitaire, j'ai côtoyé des personnes extraordinaires, médecins et infirmières œuvrant dans des camps de réfugiés, journalistes, cameramen et photographes de guerre risquant leur vie dans des régions troublées. Et tant d'autres encore, bénévoles, juristes, professeurs, scientifiques, chercheurs, exercent un travail de fond pour que le monde se porte mieux. La rencontre avec ces personnes altruistes suscite en moi de l'espérance.

La pratique de la pleine conscience nous aide, Pierre et moi, à envisager l'avenir avec un peu plus de confiance et de sérénité. En favorisant une ouverture de cœur et d'esprit, nous espérons devenir des personnes « un tout petit peu » meilleures chaque jour.

Sur le sentier de montagne
Le soleil se lève
Au parfum des pruniers[8].

---

[8] Haïku de Bashô. *Haïku : Anthologie du poème court japonais*, Présentation, choix et traduction de Corinne Atlan et Zéno Bianu, Gallimard, 2002.

19. L'Énergie

Pierre a tout quitté pour son ailleurs. Il a construit à Maya Plage, entre jungle et mer, une petite maison qui se fondait dans la nature, son « Shangri-La ». Il s'est débarrassé du superflu. Il a adopté le rythme de vie des gens du pays. Il y avait plein de problèmes, mais personne ne s'énervait, les choses s'arrangeaient et s'harmonisaient à leur façon.

Shangri-La désigne une lamaserie imaginaire dans le livre *Les Horizons perdus* de James Hilton, un lieu hors du temps dans l'Himalaya où règne une grande sérénité. Shangri-La signifie en tibétain « le soleil et la lune qui se trouvent dans chaque cœur », l'harmonie entre l'homme et la Nature, la symbiose entre le corps et l'esprit. Le Dalaï-lama dit que c'est une « terre pure terrestre qui ne peut cependant pas être située sur une carte, seuls y ont accès ceux qui ont acquis le karma convenable ».

Pierre voulait entreprendre un travail intérieur. Passer du temps à cultiver son jardin, faire de la cuisine, lire des livres, écrire son histoire, écouter les vagues et méditer dans le silence. C'est tout un programme en soi.

Les bras égratignés par les bougainvillées, les mains meurtries par les roches, Pierre a planté lauriers roses, frangipaniers, hibiscus, orangers, citronniers et papayers.

« On pense que la vie sous les tropiques est un paradis sur terre, dit-il. Mais je n'ai jamais autant biné, sarclé et bêché de ma vie. Le jardin est le miroir de ce que l'on est. J'ai appris à accueillir le changement intérieur en moi. J'ai rencontré la Nature ainsi que ma propre nature.

– Demeurais-tu dans le silence comme dans un ermitage ?

– Je menais une vie contemplative, j'observais la couleur du temps et je ramenais le silence en moi. Chaque matin au lever, je recevais de l'énergie du soleil, des bulles de lumière arc-en-ciel sur la mer. Je pensais très fort à ma famille et à mes amis. Je leur souhaitais beaucoup de bien.

– J'ai reçu tes lettres dans lesquelles tu m'envoyais ces bulles d'énergie, dis-je. J'avais l'impression de bénéficier un peu de ta sérénité. Tu cultivais également la compassion au quotidien. Tu pratiquais le *tonglen* à ta manière comme les grands maîtres spirituels au Tibet.

– Qu'est-ce que le *tonglen* ?

– Seuls les grands maîtres sont capables d'une telle pratique. Ils pensent à l'amour qu'ils ont reçu d'une mère, d'un père ou d'un lama. Ils font rayonner cet amour dans leur cœur et le dirigent vers tous les êtres humains. C'est le grand pouvoir de la compassion. »

Dans le bouddhisme tibétain, la pratique du *tonglen*, donner et recevoir, consiste à prendre sur soi la douleur et la souffrance des autres, et à leur transmettre son bien-être et la paix de son esprit. Donner et recevoir sont deux gestes qui sont répétés alternativement par la respiration. Chacun peut cultiver en soi la compassion, car c'est notre plus grande richesse et notre plus grande protection contre l'ignorance.

À Maya Plage, Pierre a laissé son îlot en l'état comme un petit cœur protégé. N'entrait pas qui voulait dans ce domaine secret. Seul, il connaissait le mot de passe pour y pénétrer : « Marée basse ».

Chaque matin, après avoir écrit quelques pages dans son journal de bord, il marchait sur l'îlot pas à pas pour sentir sous ses pieds nus les grains de sable, les coquillages et les cailloux polis par les vagues.

« Il y avait une énergie vitale qui montait de la terre et remontait dans mon corps, dit Pierre. J'éprouvais un sentiment de fraîcheur et de renouveau. Je me sentais relié par mes pieds à cette planète merveilleuse et je ressentais beaucoup de gratitude d'être en vie. »

À la fin de l'automne, des monarques venaient sur l'îlot pour se reproduire. Des pins et des eucalyptus étaient recouverts de papillons aux ailes orange nervurées de noir. Comment ces milliers de papillons se sont-ils orientés depuis l'Amérique du Nord pour arriver là ? Cela demeure un grand mystère. Ce lieu sans barrières qu'une vie entière ne suffit pas à connaître, c'était le plus beau secret de Pierre.

Délicats monarques
Se délectant de nectar
Lumineuses vies.

20. La Sagesse

Ma rencontre avec Thich Nhat Hanh fut un moment de pur bonheur. J'étais à Toronto en compagnie de deux mille autres personnes dans un amphithéâtre pour une conférence intitulée « Le Moment présent : Sagesse pour une Paix globale et Bonheur ». Pour accueillir les spectateurs, des moines et moniales en robes brunes se trouvaient sur la scène. De temps à autre, sœur Chân Không frappait sur un gong aux sons graves. Les moines et moniales chantaient doucement un sutra. L'atmosphère se détendait et le silence s'installait peu à peu.

Thây est arrivé d'un pas tranquille sur l'estrade, frêle silhouette en robe brune. Il s'est assis en position de méditation à côté du gong. J'ai lu tant de livres de Thây et visionné tant de vidéos sur son enseignement que j'avais l'impression de faire partie de son Sangha, sa communauté spirituelle. Une formidable énergie émanait de l'auditoire. J'étais émue de ressentir cette solidarité chaleureuse et bienveillante, c'était extraordinaire. Si Thây parlait souvent de la force d'un Sangha, elle était à l'œuvre ici.

La conférence de Thich Nhat Hanh commençait avec la respiration en pleine conscience :

J'inspire, je sais que j'inspire.
J'expire, je sais que j'expire.
J'inspire, mon inspiration devient plus profonde.
J'expire, mon expiration devient plus douce.

Thây a dit que dans ce monde, la paix intérieure était possible pour la plupart d'entre nous. Il nous a invités à pratiquer la pleine conscience dans tout ce que nous faisons comme respirer, cuisiner, manger. Il nous a suggéré de faire une marche méditative : « Vous ne pensez à rien d'autre. Vous concentrez simplement votre attention sur vos pas et vous marchez de telle façon que chaque pas vous apporte solidité, liberté et joie ».

Qu'est-ce qui nous fait courir sans cesse ? Craignons-nous de découvrir ce qu'il y a à l'intérieur de nous-mêmes, l'anxiété et la peur ? Alors nous courons, nous nous occupons, nous consommons. Selon Thây, nous avons besoin d'arrêter de masquer notre douleur et notre souffrance pour vivre le moment présent. Nous pratiquons la pleine conscience pour parvenir à un regard profond sur nos émotions. Nous invitons la peur à venir dans notre conscience et nous reconnaissons sa présence. Nous recherchons les racines profondes de notre peur. Comprendre les origines de notre peur permet à nous en délester peu à peu. Si nous sommes intérieurement en paix, nous serons capables d'établir la paix avec les autres :

J'inspire, je calme mon corps.
J'expire, je souris.
Je m'établis dans le moment présent.
Je sais que c'est un moment merveilleux.

Thây a expliqué qu'il avait invité des Palestiniens et des Israéliens au Village des Pruniers, une vingtaine de personnes, pour pratiquer la pleine conscience. Pendant deux semaines, ces adversaires dans la vie courante ont appris à méditer ensemble, marcher ensemble, prendre des repas dans le silence ensemble et s'asseoir ensemble pour discuter.

Dans le cadre tranquille du Village des Pruniers, ces hommes de bonne volonté étaient capables de se parler et de s'écouter. La paix était possible, ce n'était pas une utopie. Selon Thây, « le véritable processus de paix, c'est de retourner en nous-mêmes, de nous réconcilier avec nous-mêmes et de savoir comment faire face à nos propres difficultés : le désespoir, la suspicion, la peur, la colère ». Thây nous a demandé de regarder nos émotions avec les yeux de l'impermanence. Si nous sommes parfois en colère avec la personne que nous aimons, c'est parce que nous oublions qu'elle est impermanente. Notre paix et notre joie dans l'instant présent sont nos biens les plus précieux. Mais sans une bonne compréhension de l'impermanence, il est impossible d'être heureux.

Thây a raconté qu'après une retraite sur la pleine conscience de cinq jours en Allemagne, un homme lui avait dit qu'il s'était réconcilié au téléphone avec son père avec lequel il avait rompu le contact depuis longtemps. Le père de cet homme avait sangloté au bout du fil. La première chose que cet homme allait faire après la retraite serait de se rendre chez son père et de le serrer très fort dans ses bras. « Ceux qui ont envie de pleurer, n'hésitez pas, pleurez ! dit Thây. Cela fait du bien ! »

J'entendais des pleurs dans la salle, j'étais au bord des larmes. Thây a prononcé de simples paroles qui allaient droit au cœur. Les moines et moniales chantèrent de nouveau pour soulager la souffrance en chacun de nous. Nous étions une communauté unie cherchant la paix en nous-mêmes. Je ressentais une gratitude infinie envers Thây pour cette grande leçon de sagesse et d'amour :

Le seul moment où l'on est vivant,
où l'on peut toucher la vie,
C'est le moment présent,
l'ici et maintenant.

21. Le Bonheur

À Chelsea, en ce début de printemps, à l'ombre des grands pins, je retrouvais avec plaisir les touffes de trilles blancs, *trillium grandiflorum,* une espèce maintenant protégée. Chaque plante donne une immense fleur blanche à trois pétales, devenant rose pâle au fur et à mesure que l'été avance. Comme les hirondelles, les trilles blancs annoncent les beaux jours au Canada où l'hiver dure si longtemps. Le vert se revigore. Il est célébré dans toutes ses nuances : vert clair des érables, vert bleuté des sapins et vert argenté des épinettes.

Je suis allée voir Claire à la fin de ses traitements du cancer. Une année s'était écoulée. Elle a eu une mastectomie partielle suivie d'une chimiothérapie et d'une radiothérapie, sans compter plusieurs tests sanguins et radiographies des poumons et du cœur. Jamais elle ne s'est plainte, au contraire, elle s'estimait chanceuse d'avoir accès aux bons soins de ses médecins. De temps à autre seulement, elle m'a parlé de sa fatigue persistante.

J'ai aidé mon amie à nouer un turban-bandeau gris perle sur la tête. J'ai effleuré ses cheveux qui ont repoussé un tout petit peu, ras et doux. J'étais émue par cette marque d'amitié de Claire, car elle m'avait révélé une partie intime d'elle-même.

« Tu sais que ce turban-bandeau à la Simone de Beauvoir est tendance maintenant, dis-je. Je m'en procurerai un moi aussi.

– Si cela peut donner un air plus intellectuel, je le porte volontiers ! » dit-elle en souriant.

Claire a lu mon deuxième roman *Hier encore Saigon* qui relate une double passion entre un homme et une femme et entre une femme et une ville, Saigon.

« Ton livre parle du long exil d'une jeune femme qui est partie de Saigon après le lycée pour ne retourner dans sa ville natale que vingt ans plus tard. J'ai aimé la description de la ville de ton enfance, la rue Catinat, la fête du Têt et tes amies du lycée.

– Ce sont des souvenirs qui m'aident à tenir dans les moments difficiles. Plusieurs de mes copines du lycée vivent à Paris. Elles organisent des rencontres où sont conviées nos anciennes professeures du lycée qui sont à peine plus âgées que nous. C'est extraordinaire de les revoir !

– Le temps n'a pas altéré l'amitié, c'est remarquable, dit Claire. Tiens, j'ai un beau livre pour toi, *La dernière leçon* de Mitch Albom. Je l'ai beaucoup aimé. L'auteur relate sa belle relation avec son ancien professeur de sociologie qu'il avait perdu de vue et retrouvé vingt ans plus tard. Je ne t'en dirai pas plus, on en reparlera. »

Avec Claire, je forme un mini club de lecture. Nous échangeons nos bouquins, ceux que nous avons aimés et qui nous ont marquées. Je ne lui ai pas dit que je travaillais sur un troisième manuscrit inspiré de l'histoire de ma mère qui avait vécu la colonisation française, l'occupation japonaise, la guerre américaine et la réunification du Viêt-Nam, une bonne thérapie pour moi après le décès de ma mère. Vu le rythme de mes publications, je me disais que ce serait peut-être mon « dernier » livre. J'écrivais avec une ardeur teintée de désespoir. J'espérais que ce troisième manuscrit serait édité, car c'est toujours à recommencer dans ce domaine, et publié à temps, car je voulais le dédicacer à Claire et Bertrand.

Claire était heureuse. Son dernier résultat médical était « normal ». Ses médecins n'ont pas encore parlé de rémission. Sa santé s'est « normalisée », cela voulait dire qu'elle pouvait continuer à faire les choses qu'elle aimait faire, comme en cet instant, dans le jardin d'ombre de son chalet. Nous admirions des fougères délicates comme de la dentelle ancienne qui se mariaient magnifiquement avec la fine mousse verte et des hostas aux grandes feuilles mouchetées. Je constatais chez elle la même belle curiosité pour les êtres et les choses et je m'en réjouissais.

Après une année de traitements, le corps de Claire avait été mis à rude épreuve. Sa démarche était moins assurée. Ses facultés visuelles et auditives étaient affaiblies. Bertrand lui répétait les mots qu'elle n'avait pas bien entendus avec une grande douceur. Il lui parlait avec beaucoup de patience. Il était très délicat envers elle et je trouvais cela très beau. Pour leur anniversaire de quarante ans de mariage, ils ont reçu deux plants de lilas et un jeune ginkgo biloba que nous venions de replanter dans le jardin.

« Ces lilas seront blancs, j'aime beaucoup leur parfum. Quant au ginkgo biloba, peut-être que je ne le verrai pas grandir, dit Claire, attristée.

– Le ginkgo biloba peut atteindre dix mètres de hauteur, tu le verras grandir, dis-je. Très résistant, c'est le seul arbre qui a survécu après la bombe atomique d'Hiroshima alors que toute autre forme de vie autour avait été détruite, un parfait exemple de résilience. J'aime beaucoup la forme lobée de ses feuilles semblables à de petits éventails japonais. Ton ginkgo tiendra encore longtemps après notre départ ! »

Des geais bleus faisaient un dernier tour du jardin pour se baigner avant d'aller se coucher. Sur la terrasse, nous étions heureuses de bavarder, de siroter du vin blanc et de grignoter des noix, petite fête après un « lourd » labeur.

« À la toute fin de notre vie, je me demande ce que nous retiendrons de ce que nous avons fait, dis-je. J'ai passé en revue les différentes étapes de ma vie, de mes réussites et de mes échecs. Il y a eu des jours lumineux et d'autres moins, et dans l'ensemble, j'ai trouvé une certaine sérénité.

– J'ai déjà ma réponse à cette question, dit Claire. Je ne me souviendrai pas d'un tel texte que j'ai écrit ou d'une telle conférence à laquelle j'ai participé. Je penserai à mes étudiants, au temps passé au chalet à lire et à rêvasser et aux douces soirées sur la terrasse avec mes proches, comme maintenant. Rien que pour ces heures tendres, j'aurai l'impression d'avoir été plus souvent heureuse. »

Sur la douce colline
Loin des tourbillons du monde
Murmures de la brise.

22. La Paix en soi

La petite maison de Pierre posée entre ciel et terre et entre jungle et mer à Maya Plage a été un havre de paix pour moi pendant plus de vingt ans. La plupart des déracinés cherchent un lieu sûr où reposer leurs pas fatigués. Nous sommes comme des bernard-l'hermite qui trouvent éternellement refuge dans des coquillages d'emprunt. Je me rappelle bien de mon premier voyage à Maya Plage. Vue du ciel, la mer des Caraïbes miroitait au soleil, ses vagues léchant les plages de sable blanc. Des cayes, îlots de coquillages, émergeaient au milieu d'une palette de bleu se déclinant à l'infini. Dans l'immensité de cette mer se déployait dans des arabesques turquoise et émeraude, la grande barrière de corail.

Au bout d'une heure de vol intérieur, le bimoteur atterrit à l'aéroport « international » de Maya Plage en cahotant sur une piste de terre balisée par deux petits drapeaux rouges. J'étais soulagée de toucher la terre ferme. L'avion a vite fait demi-tour et repris son envol, me laissant dans un nuage de poussière ocre. J'étais seule au milieu de la jungle avec un pincement au cœur. Des vautours fauves, au bec puissant et au cou déplumé, me guettaient au sommet des arbres. Une camionnette bleue avança sur l'herbe et stoppa. Un homme à la silhouette familière apparut. Pierre ! Il a troqué son costume ajusté pour des jeans, une chemise à carreaux et un bandeau sur le front. Ses bras étaient grands ouverts :

« Bienvenue à Maya Plage ! Hier, un papillon bleu m'a annoncé ta venue, » dit-il en souriant.

Je montai dans la camionnette bringuebalante qui avait avalé des milliers de kilomètres de piste poussiéreuse. Le moteur crachota pendant de longues minutes, mais Pierre ne se départit pas de son calme. Il avait acquis quelque chose de « Maya Plage », il n'était pas pressé, il avait tout son temps. La camionnette finit par démarrer.

« Tu vois, il ne faut pas s'énerver ! » dit-il.

Pierre arrêta son véhicule devant un petit bureau de poste. Il en sortit, fier comme un pirate, avec un paquet de lettres, son trésor : « Chaque semaine, c'est une joie pour moi d'aller à la Poste qui est ma boîte de l'amitié. Ces lettres sont mes liens avec le reste du monde. »

Nous roulâmes sur une piste de terre argileuse remplie de nids de poule. Cela semblait durer une éternité. J'étais bien intriguée. Pierre se stationna devant une oasis de palmiers dans laquelle se nichait une petite maison. Il fallait bien écarquiller les yeux pour la voir.

« Voici mon Shangri-La ! dit Pierre fièrement. J'ai décoré ta chambre avec des hibiscus rouges. »

Maya Plage était témoin de nos joies et de nos peines. Parfois, j'arrivais chez lui le corps épuisé et l'âme écorchée et Pierre me ramassait à la petite cuillère. À d'autres moments, nous célébrions nos projets. De nos succès et de nos revers professionnels, des hauts et des bas dans notre vie sentimentale, nous discutions ouvertement, parfois avec gravité, souvent avec beaucoup d'humour et de grands éclats de rire. Finalement, on se rendait compte qu'on s'était empêtré dans son chagrin pendant des semaines, voire des mois, à regretter des situations qui n'en valaient pas la peine.

« Qu'on la passe à pleurer ou à rire, il n'y a que cette vie, dit Pierre. Va sur le quai et plonge dans la mer bleue, elle nettoiera tes bleus à l'âme. Après, fais un tour dans le jardin et cueille quelques citrons pour le souper de ce soir. Je te prépare une surprise ! »

Le jardin de Pierre était luxuriant. Les arbres étaient habillés à leurs pieds d'un foisonnement de beautés tropicales : gingembres rouges, fleurs de lune blanches, oiseaux de paradis bleu et rouge. Quel plaisir de voir des oranges mûrir sur leurs branches et de cueillir des citrons jaunes à même l'arbre !

Au Shangri-La de Pierre, au début, il n'y avait pas d'électricité ni d'eau courante. Pour boire, il y avait de l'eau de pluie stockée dans une grande cuve sur le toit, et pour s'éclairer, des chandelles et des lampes à pétrole. Le frigidaire et le four fonctionnaient grâce aux bonbonnes de gaz. Il n'y avait pas de téléphone, de radio ni de télévision.

Dans *La Paix en soi, la Paix en marche*, Thich Nhat Hanh affirme que « jamais dans toute l'histoire de l'humanité, nous n'avons disposé d'autant de moyens de communication, téléphone, radio, télévision, fax, courrier électronique, internet, mais nous sommes restés comme des îles, il y a peu de conversation véritable entre les membres d'une même famille, entre les individus d'une société ou entre les pays ».

Chez Pierre, par contre, rien ne manquait. Gentillesse et générosité étaient disponibles en abondance. Il pratiquait « l'écoute profonde et la parole aimante », comme dit Thây. Cela ne coûte rien de parler avec bonté, selon un proverbe vietnamien. À chaque fois, quelques mots gentils de Pierre m'ont redonné confiance et espoir, et cela me faisait du bien.

Thây croit qu'avec la compassion de notre cœur, chaque pensée, chaque parole et chaque acte envers une personne peuvent produire un miracle. Il parle des « quatre états illimités[9] » de Bouddha : l'amour, la compassion, la joie et l'égalité d'âme.

---

[9] *Le Cœur des enseignements du Bouddha*, Thich Nhat Hanh, La Table Ronde, 2000.

Ces quatre états illimités, *brahmavihara* en sanscrit, sont les éléments du véritable amour. *Brahmavihara* veut dire demeure de Brahma. Thây dit que cette adresse est plus intéressante qu'un hôtel « quatre étoiles ». Il croit que c'est une résidence « mille étoiles », car si nous pratiquons ces états, nous serons plus heureux, de même que tout le monde autour de nous. Il y a un autre mot important, *maitri*, qui désigne l'amour en sanscrit. Selon Thây, « l'amour est un très beau mot dont nous devons restaurer le sens. Le mot *maitri* a ses racines dans le mot *mitra*, qui signifie ami. Dans le bouddhisme, le premier sens du mot amour est l'amitié ».

En cette veille de la nouvelle année, nous dégustâmes à la lueur murmurée des chandelles une soupe bien savoureuse de légumes du jardin, accompagnée de pain aux graines de tournesol fait maison. Devant tant de sollicitude, mes nœuds émotionnels se desserraient et j'étais reconnaissante envers mon ami.

« Finalement, Robert Le Beau Parleur n'avait pas tout à fait fabulé, dis-je. Tu as trouvé ton havre de paix !

– En effet. Je lève mon verre à la nouvelle année et à l'amitié ! »

Maya Plage, c'est l'histoire d'une amitié tout en délicatesse. Nous nous sommes vu grandir et vieillir pendant près d'un quart de siècle. Il n'y a pas de meilleur miroir qu'un véritable ami, selon un proverbe japonais. Ce soir-là, la lune émergeait des nuages, ronde et lumineuse. Elle ne faisait que passer et nous étions vautrés à ses pieds. Au-delà de la silhouette du chat de Pierre, assis le dos rond sur le rebord de la fenêtre, au-delà des ombres des palmiers, j'admirais la voûte étoilée.

Myriades d'étoiles
Feuilles dentelées de palmiers
Une aube nouvelle.

23. La Compassion

L'automne de 2014 nous a tristement surpris. Épuisé, Thich Nhat Hanh a été transporté d'urgence à l'hôpital à Bordeaux. Son état s'améliorait lorsqu'il fut victime d'une grave hémorragie cérébrale. Thây avait quatre-vingt-huit ans. Ce fut un choc pour moi. Je m'orientais vers la lumière qu'est Thây et voilà qu'elle vacille et risque de s'éteindre. Comme les milliers d'admirateurs de Thây à travers le monde, j'attends de ses nouvelles avec anxiété.

Un premier message en novembre sur le site internet du Village des Pruniers[10] indique que l'état de santé de Thây était « stable », que l'hémorragie dans son cerveau ne s'était pas étendue et que ses signes vitaux étaient normaux. Les moines et moniales ont suggéré aux membres des centres de pratique de la pleine conscience de manger végétarien un jour de la semaine, d'offrir leur compassion à Thây et d'abandonner la peur et le chagrin en revenant à leur respiration douce et calme, une belle manière d'être une continuation de Thây.

Un deuxième message du même mois précise que Thây continuait de se reposer paisiblement avec le tic-tac d'une petite horloge près de son oreiller. Il prenait « refuge dans la profonde conscience de sa respiration, enracinée dans la conscience du tréfonds, pour lui permettre la guérison ». Selon les moines et moniales, Thây continuait de nous rappeler que chaque jour était un miracle et que simplement pouvoir respirer était un cadeau.

---

[10] villagedespruniers.net

Un message en décembre note que la respiration de Thây demeurait paisible, mais qu'il continuait à être dans le coma. Il avait des périodes de réveil, mais n'était pas encore capable de montrer des signes clairs de communication. Un des médecins trouvait que « Thây était une énigme ». Les moines et moniales ont demandé à ses disciples de continuer de lui envoyer leurs prières et leur énergie de compassion. Ils considéraient le corps du Sangha, sa communauté spirituelle, comme une extension de celui de Thây, lui permettant de trouver nourriture et guérison.

Le message de janvier 2015 annonce que Thây s'était réveillé à plusieurs reprises au cours des dernières semaines et, selon ses médecins, il était sorti du coma. Les moines et moniales ont indiqué que Thây allait être transféré dans une clinique spécialisée pour la réhabilitation des patients atteints d'embolies cérébrales.

Le message du mois suivant coïncide avec la nouvelle année vietnamienne, l'année de la Chèvre, dans le calendrier lunaire. Les moines et moniales ont rapporté que Thây avait bu sa première tasse de thé depuis quatre mois et qu'il avait admiré la pleine lune depuis son lit. Les moines et moniales ont constaté que « durant ce moment de paix, de silence et de joie en regardant la lune, nous pouvions toucher l'amour de Thây pour les merveilles de la vie et sa générosité à chérir ces merveilles à chaque instant ».

24. La Peur

De même que tous les fleuves vont à la mer, toutes mes peurs me ramènent à une seule : la peur de la mort. Je la porte en moi comme une deuxième peau. J'accepte la vieillesse comme une période inévitable de la vie, car elle me permet d'apprécier davantage la beauté et la lumière, en clair, j'apprends à mieux vivre. J'ai peur par contre de devenir malade, de perdre ma mémoire, d'être dépendante et de mourir. À chacun sa peur intime.

Selon Thich Nhat Hanh, le Bouddha ne nous a pas encouragés à réprimer ces peurs. Au contraire, il nous a conseillé « d'inviter nos peurs au niveau le plus élevé de notre conscience, de les reconnaître et de leur sourire ». Dans *Il n'y a ni mort ni peur*, Thây écrit : « Chaque fois que votre peur est invitée à se montrer, chaque fois que vous la reconnaissez et que vous lui souriez, elle perdra un peu de sa force. Lorsqu'elle retourne dans les profondeurs de votre conscience, elle devient une graine plus petite ».

Thây décrit un nuage qui nous aide à faire diminuer la souffrance et à transformer le chagrin et la peur en sérénité et paix. Il raconte que par un beau matin, on regarde le ciel et on voit un beau nuage. Il a été constitué par l'eau de la rivière ou de l'océan. Puis la forme et la couleur de ce nuage changent. D'autres nuages viennent se joindre à lui, le ciel s'assombrit et il pleut. Le nuage s'est transformé en pluie. Il peut devenir neige quand la température baisse. L'eau de pluie s'évapore pour redevenir nuage. Thây croit que cet exemple du nuage nous aide à ne plus avoir peur.

D'ailleurs, il y a un chant qui est récité tous les jours dans les monastères bouddhistes. C'est une pratique d'il y a plus de deux mille ans et elle l'est encore pour les moines et les moniales d'aujourd'hui :

J'inspire et j'expire, je suis conscient qu'il est dans ma nature de mourir ; je ne peux échapper à la mort.

Il est dans ma nature de devenir vieux ; je ne peux pas échapper à la vieillesse.

Il est dans ma nature de tomber malade ; du fait que j'ai un corps, je ne peux échapper à la maladie.

Tout ce que je chéris, tout ce à quoi je m'accroche aujourd'hui, je devrai l'abandonner un jour.

La seule chose que je puisse emporter avec moi est le fruit de mes actions.

Pierre et moi méditons un peu chaque jour, à notre rythme et à notre mesure sur la terrasse de ma maison à Huê. Nous invitons notre peur à venir en nous, nous la regardons intensément, nous lui parlons, nous nous habituons à elle et nous essayons petit à petit de l'apprivoiser.

Ce haïku de la poétesse et moniale Chiyo-ni exprime parfaitement la nature du changement :

Elle devient fleur
Elle devient goutte d'eau
La neige ce matin[11].

[11] *Chiyo-ni – bonzesse au jardin nu*, Éditions Moundarren, 2005.

25. La Gratitude

J'ai demandé à Pierre de me raconter une nouvelle fois sa mémorable balade en mer à Maya Plage.

« Un après-midi, mon voisin Daniel m'a invité à faire de la voile. Nous voguions agréablement sur la mer, au gré du vent, insouciants comme les nuages dans le ciel.

– Le soleil était au rendez-vous, n'est-ce pas ?

– Il faisait beau. Mais après une vingtaine de minutes, notre agréable navigation s'est transformée en cauchemar. Le ciel est devenu noir. Un violent coup de vent a soulevé notre petit voilier et l'a renversé comme une brindille. Le mât a piqué du nez dans l'eau. Après d'intenses efforts, nous avons pu retourner le voilier qui était à moitié inondé, mais le mât et la voile ont disparu. Tu imagines, je ne suis pas un bon nageur ! Sous le vent et la pluie, nous nous sommes agrippés à la coque du voilier. Les vagues étaient tourbillonnantes et furieuses autour de nous. »

À dix-huit heures, tout est devenu sombre. Cela faisait plus de trois heures que Pierre et Daniel étaient immergés dans l'eau, à s'accrocher au flanc du voilier.

À vingt-deux heures, dans la noirceur totale, ils ont compris qu'aucun secours ne viendrait les sortir de là. Pendant tout ce temps, Pierre parlait constamment à son compagnon pour les tenir tous les deux éveillés.

Bientôt minuit, à travers les nuages, un quartier de lune s'est joint à eux. Pierre a capté du coin de l'œil la lente montée de la lune suivie de quelques étoiles filantes. Le vent s'est calmé, la nuit s'est rafraîchie.

Sous la faible clarté lunaire, Pierre et Daniel avaient du mal à s'orienter. Ils espéraient dériver vers la baie dans une heure, peut-être deux. Ils avaient froid et grelottaient.

À trois heures du matin, seul le silence les enveloppait. Il n'y avait aucun repère, aucun palmier au loin pour fixer les yeux. Rien. Sans oser le dire, ils savaient qu'ils tournaient en rond.

« À quatre heures, avant le petit jour, après la longue nuit, j'avais besoin de rentrer en mon for intérieur, raconte Pierre. L'idée que cette eau noire allait se refermer sur ma vie à peine enracinée dans ce pays était révoltante. »

Pierre pensait à sa mère et à ses deux sœurs. Il voyait des scènes de sa vie avec elles dans leur maison familiale se dérouler comme un film dans sa tête.

« J'ai tout simplement offert ma vie à ma mère qui était malade et à l'une de mes sœurs qui traversait une période difficile. C'est ainsi que j'ai pleinement accepté l'éventualité de mourir. J'étais apaisé et j'avais le sentiment que j'allais survivre. »

À six heures, la lumière était suspendue entre le bleu de la nuit et l'or de l'aurore. Pierre et Daniel avaient les bras et les jambes engourdis. La terre ferme se dessinait à l'horizon, mince comme une galette. Ils avaient tourné en rond toute la nuit dans cette baie bordée de palétuviers.

À six heures trente, la coque du voilier et les naufragés étaient visibles, mais pas de secours en vue ! Seules les mouettes qui tournoyaient au ras de l'eau pouvaient les voir. Daniel était transi de froid, son visage était livide. Soudainement, Pierre aperçut une barque miniature au loin. Son cœur battait à tout rompre. Comme dans un film d'animation, la barque aux voiles brunes grandissait peu à peu et se dirigeait vers eux. Une silhouette debout dans la barque agitait les bras.

C'était le secours tant espéré !

Bouleversé, Pierre se hissa dans la cabine inondée, brandissant son bandeau. Daniel, sans plus attendre, plongea dans l'eau et nagea en direction de la barque.

« J'ai perdu Daniel dans les vagues et un flot de larmes que je ne pouvais plus contenir déborda de mes yeux. Je sanglotais comme un enfant. Je n'en pouvais plus, nous avions été dans l'eau pendant seize heures, c'était assez. »

Le jeune pêcheur qui les a accueillis, était armé d'un couteau, croyant avoir affaire à des pirates. Ils étaient sauvés. Que de gratitude envers la vie !

« En revenant chez moi, je me suis étendu dans mon hamac sur la terrasse, j'ai serré mon chat dans mes bras et j'ai dormi pendant douze heures. Le lendemain, dans ma boîte aux lettres, j'ai reçu un mot de toi, Vân, m'invitant au Viêt-Nam. »

Rien que le silence
Je n'entends que les vagues
Qui glissent sur la plage.

26. La Beauté

L'écrivain et poète François Cheng dont l'œuvre est consacrée à la recherche de la Beauté, la considère comme un antidote au Mal : « En ces temps de misères omniprésentes, de violences aveugles, de catastrophes naturelles ou écologiques, parler de la beauté pourra paraître incongru, inconvenant, voire provocateur. Presque un scandale. Mais en raison de cela même, on voit qu'à l'opposé du mal, la beauté se situe bien à l'autre bout d'une réalité à laquelle nous avons à faire face. » L'écrivain d'origine chinoise est persuadé « que nous avons pour tâche urgente, et permanente, de dévisager ces deux mystères qui constituent les extrémités de l'univers vivant : d'un côté, le mal ; de l'autre, la beauté[12] ».

Il y a un tiroir secret dans mon esprit qui contient de la beauté. Au gré des voyages, j'y entrepose d'inoubliables moments comme un écureuil enfouissant des noix dans son nid. À Yangon, au Myanmar, se trouve Shwedagon, la Pagode d'Or. C'est avant tout une histoire de gâteaux au miel. La légende raconte que deux frères marchands ont offert des gâteaux au miel au Bouddha après sa période d'intense jeûne. Le Bouddha, pour les remercier, leur a donné huit de ses cheveux. Les frères marchands ont rapporté ces reliques du Bouddha à leur roi qui a fait construire une pagode avec un stupa pour les préserver. Une pluie d'or et de pierres précieuses est tombée sur la pagode pendant sa construction.

---

[12] *Cinq méditations sur la beauté,* François Cheng, Albin Michel, 2006.

La Pagode d'Or avec son grand stupa est un lieu vénéré du bouddhisme au Myanmar. J'ai visité la Pagode d'Or un soir du temps où le pays était dirigé d'une main de fer par la junte militaire. À l'entrée de l'immense complexe aux multiples pagodons, je me suis assise sous un figuier, *ficus religiosa*, l'arbre sacré aux feuilles en forme de cœur. Je voulais ressentir la paix du Bouddha en méditation sous un même arbre en Inde.

Des pèlerins effectuaient des actes rituels auprès de l'une des quatre grandes statues de Bouddha de la Pagode d'Or. Ils y collaient des feuilles d'or, allumaient des baguettes d'encens et faisaient des offrandes. Ils versaient de l'eau sur d'autres petites statues de Bouddha en albâtre à côté afin d'acquérir des mérites au cours de cette vie ou de la prochaine.

En leur compagnie, je faisais le tour du grand stupa dans le sens des aiguilles d'une montre. Une fois, deux fois, dix fois, autant de fois que je le voulais. Des moines en robe brune s'étaient joints à nous. Ils priaient et chantaient un sutra. J'étais saisie par leur ferveur religieuse et spirituelle, un art de vivre dans la non-colère, la non-violence et la compassion. Leur résilience était une forme de courage sous la dictature militaire. Le chemin de la paix était long, mais nos pas étaient légers. Nous demeurions ensemble et nous marchions à l'unisson en silence.

Le soleil entamait sa descente à l'horizon après avoir offert un merveilleux spectacle de lumières. Or, argent, diamants, rubis, topazes et saphirs du grand stupa brillaient de tous leurs feux et projetaient leurs éclats dans notre âme. À la tombée de la nuit, des milliers de chandelles allumées par des pèlerins prenaient le relais. Quand je contemple ce moment de beauté de la Pagode d'Or, ce sont ces milliers de lumières qui scintillent dans ma tête et j'ai un goût de gâteau au miel dans la bouche.

27. La Troisième Noble Vérité

Bouddha a dit ceci sur la troisième Noble Vérité :

« Voici ô moines, la Noble Vérité sur la cessation de la souffrance. C'est la disparition totale, la cessation de cette même convoitise : c'est la rejeter, l'abandonner, y renoncer. Mais quelles sont les prémices de cette convoitise qui doit être abandonnée et amenée à sa cessation ? Partout où se trouve une source de plaisir, la convoitise doit être abandonnée et menée à sa cessation. »

Il y aurait peut-être un moyen de nous libérer de nos multiples tourbillons de souffrance qui ont pour noms : ambition, colère et ignorance, auxquels s'ajoutent d'autres maux : désir, haine, envie, convoitise, cupidité et illusion. Bien peu d'entre nous réalisent l'absence totale de souffrance. Nous croyons que le bonheur est un bien qui nous est dû, une chose promise à chacun. Nous désirons ce que nous n'avons pas. Nous passons beaucoup de temps à essayer d'obtenir ce que nous voulons. Nous cherchons à nous attacher à des personnes et des choses. Du jour au lendemain, le bonheur peut se dissoudre et les biens disparaître.

Il faudrait chercher à comprendre la cause de notre souffrance et entreprendre un travail intérieur afin de dénouer les attachements nocifs. Il faudrait transformer nos pensées sur nous-mêmes et sur les autres. Selon l'enseignement bouddhiste, ce ne sont pas les expériences qui nous font souffrir, mais notre façon de les interpréter et de les vivre.

Personne n'échappe aux attachements, même les moines les plus chevronnés. Ils sont eux aussi liés par affection à leurs lamas. Ils pleurent et souffrent intensément quand ceux-ci sont malades et meurent. Mais il y a une différence entre le sage et le profane.

Matthieu Ricard croit « qu'il est possible de souffrir physiquement et mentalement, de ressentir de la tristesse par exemple, sans perdre le sentiment de plénitude, *soukha*, qui repose sur la paix intérieure et l'altruisme ». Dans son livre *Plaidoyer pour le bonheur*[13], il compare la souffrance aux vagues et la plénitude aux profondeurs de l'océan. Il y a deux niveaux de perception : à la surface, une tempête fait rage, mais dans les profondeurs, le calme demeure. La personne qui est ballottée par les vagues de la souffrance et qui ignore les profondeurs de la paix intérieure, se trouve perdue.

Matthieu Ricard écrit : « Combien de fois ai-je vu le Dalaï-lama verser des larmes en pensant aux souffrances de personnes qu'il venait à peine de rencontrer. La différence entre le sage et l'être ordinaire est que le premier peut manifester un inconditionnel amour à celui qui souffre et faire tout ce qui est en son pouvoir pour atténuer sa douleur, sans que sa propre vision de l'existence s'en trouve ébranlé ». Il croit que l'essentiel est d'être disponible aux autres, sans pour autant sombrer dans le désespoir lorsque les événements naturels de la vie et de la mort suivent leurs cours.

---

[13] *Plaidoyer pour le bonheur,* Matthieu Ricard, Nil Éditions, 2003.

28. La Fleur

À Maya Plage, les premiers pas de Pierre dès le jour naissant l'amenaient dans sa serre d'orchidées. Il en avait toute une collection : orchidées noires et parfumées, orchidées blanches tachetées de pourpre et orchidées bleu indigo profond. Les orchidées étaient attachées par leurs racines à des branches d'arbres. Il les arrosait d'eau de pluie. Ses voisins, Sylvia et Pablo, grands collectionneurs d'orchidées, l'ont invité une fois à la chasse à l'orchidée. Ils ont remonté en barque une rivière peu profonde bordée des deux côtés par une jungle dense.

« J'aime beaucoup l'expression "chasse à l'orchidée", explique Pierre. S'il fallait chasser le gibier, je n'en serais pas capable. Une fois la barque amarrée au bord de la rivière, chaussés de bottes et munis de sacs, nous nous sommes aventurés sur un petit sentier à la recherche d'orchidées sauvages.

– Les orchidées sont les fleurs les plus précieuses en Asie, dis-je. Lorsque nous offrons une orchidée, nous donnons notre cœur. Confucius compare l'orchidée à une personne vertueuse et son parfum à la douceur de l'amitié.

– Mes amis ont partagé avec moi leur passion pour ces rares beautés. Dans la forêt tropicale humide, nous avons cheminé lentement. J'ai scruté les branches des arbres pour des orchidées, mais aussi pour des serpents. À chaque trouvaille, Pablo grimpait sur l'arbre et décrochait une petite tige avec sa racine pour ne pas détruire toute la plante d'orchidée et sauvegarder ainsi l'espèce.

– Tu n'avais pas imaginé faire une telle randonnée en plein cœur de la jungle comme Indiana Jones avec sa machette ?

– Comme Indiana Jones avec la machette en moins, je suis revenu les bras chargés de trésors. On raconte que lorsque les premiers aventuriers ont découvert des *Phalaenopsis*, ils pensaient que c'étaient des papillons, mais c'étaient de superbes orchidées blanches en forme de papillons dansant au vent. Dans ma serre, cet espace protégé, je parlais à mes orchidées, je les humais et je les touchais. Quand on fait le tour de son jardin, on fait aussi le tour de soi-même.

– Thich Nhat Hanh a dit quelque chose de très beau sur la fleur. Quand nous contemplons une fleur, nous pouvons y voir les nuages, le soleil, les minéraux, le temps, la terre et tout le cosmos. Sans les nuages, il ne pourrait y avoir de pluie et la fleur ne pourrait pas exister. Sans le temps, la fleur ne pourrait pas éclore. En réalité, la fleur est entièrement faite d'éléments non-fleur et elle est composée de tout ce qui vient de l'univers, exactement comme les êtres humains. »

Le poète et moine japonais Bashô nous réserve ce délicat haïku sur la fleur :

De quelle fleur qu'il vienne
Je ne connais pas
Ce parfum[14].

[14] *Haïku*, texte français de Roger Munier, Fayard, 2000.

29. La Résilience

« Allo Claire ? Comment ça va aujourd'hui ?

– Ah, c'est toi, Vân ! Je suis contente de t'avoir au téléphone. Où es-tu ?

– Je suis à Huê. Je voulais avoir de tes nouvelles. Tu m'entends bien ?

– Oui, je t'entends bien. Je vais un peu mieux aujourd'hui. Les résultats de mes derniers tests ne sont pas bons. On a retrouvé des traces de cancer. J'aurai encore d'autres tests à passer. Radiographie, scintigraphie et j'en passe. »

Traces de cancer. Mon cœur se fige. Métastases, non, non, non, je ne veux pas entendre. Le cancer est revenu au bout de quelques années. La voix de Claire est enrouée. Il y a des bruits parasites au téléphone. Claire semble hésitante et elle cherche ses mots.

« Es-tu enrhumée ? lui ai-je demandé.

– Non. Depuis des mois, dans la matinée ça va, mais le soir, une grande fatigue m'envahit et je ne peux plus bouger, c'est malheureux. J'essaie de faire de la marche, mais je suis essoufflée bien vite. J'ai mal au dos. J'ai même arrêté de faire du ski de fond depuis l'hiver dernier, tu te rends compte ? »

Claire et Bertrand aiment tellement les randonnées en montagne qu'ils sont allés faire du trekking deux fois au Népal à plus de mille mètres d'altitude. Quant au ski de fond, ils en ont fait des milliers de kilomètres sur des pistes autour de leur chalet.

« Nous sommes en train de remeubler notre chambre et repeindre la terrasse du chalet.

– Il faudrait peut-être te ménager en ce moment. Tu devrais prendre un peu de repos.

– Bertrand aime bien bricoler et cela nous occupe. C'est l'occasion de parler d'autre chose. »

Avec une maison en ville et un chalet à la campagne, Claire et Bertrand ne chôment pas. Il y a toujours quelque chose à faire. Ils continuent de sortir et de voir leurs amis malgré la fatigue chronique de Claire.

« J'ai commencé une deuxième série de traitements de chimiothérapie. Cette fois-ci, l'oncologue a réduit la quantité des médicaments, je suis moins épuisée que la première fois, il y a trois ans. J'ai de nouveau perdu mes cheveux, mais la chimiothérapie me maintient en vie. »

Et Claire, malgré ses graves problèmes de santé, pense aux autres. Elle se rappelle de mon troisième roman, finalement publié à temps, avec cette dédicace : *À Claire et Bertrand : Avec gratitude.*

« Mais assez parlé de moi, dit-elle. Et toi, ça va ? J'ai lu d'un trait ton roman *Rivages du Mékong* sur la vie de ta mère. C'est très touchant. Quand notre mère s'en va, on se sent toujours orpheline même à l'âge mature. C'est comme un rempart protecteur qui s'est effondré. Je te remercie pour ta dédicace, c'est très gentil.

– L'écriture de ce roman m'a permis de rester en pensée pendant tout ce temps avec ma mère. J'étais heureuse et cela m'a beaucoup consolée de sa perte.

– J'ai aimé la description du Mékong. Quel beau fleuve avec ses palmiers d'eau, ses barques au toit de chaume, ses paillotes sur pilotis, son marché flottant, il y a de la vie là. Et Hanoi avec ses lacs paisibles, ses saules pleureurs et des personnalités qui ont fait l'histoire comme le général Giap et Madame Binh. As-tu lu *La dernière leçon* ?

– Mmm…

– Et ta recherche sur le bouddhisme zen enseigné par le Maître vietnamien, as-tu appris quelque chose ? demanda Claire.

– Oui, la pratique de la pleine conscience de Thich Nhat Hanh est d'une grande richesse. Il faut apprendre à vivre en toute pleine conscience le moment présent, à chaque instant.

– C'est une belle philosophie de vie. Moi, je me contente de m'accrocher au présent et c'est cela qui compte. J'ai hâte de te revoir. Quand tu viendras, nous ferons un tour au chalet.

– Justement, je t'appelle pour ça. Je serai à Montréal prochainement. Salue bien Bertrand de ma part, j'irai vous voir à Chelsea. »

J'imagine le ginkgo biloba aux feuilles en forme d'éventails japonais qui déploie ses branches toujours plus haut vers la lumière dans le jardin d'ombre au chalet de mes amis et je me dis que Claire a développé comme l'arbre sous la tempête, une résilience face à l'adversité.

La nuit sera longue
Quand verra-t-on les premières
Lueurs de l'aube ?

30. L'Amour

Quel est cet espace mystérieux qui sépare la vie de la mort ? Selon Bouddha, la mort est un miroir dans lequel se reflète l'entière signification de la vie. L'histoire d'une femme indienne qui vivait à l'époque de Bouddha me revient à l'esprit.

Cette femme a un fils d'un an qu'elle chérit comme la prunelle de ses yeux. Un jour, son fils meurt subitement. Elle implore les gens de son village de l'aider à réanimer son enfant. On lui suggère d'aller voir Bouddha, ce qu'elle fait sans tarder. Bouddha lui dit que le seul moyen de faire revivre son fils est de lui ramener une poignée de terre d'une maison où il n'y a pas eu de morts. La femme frappe à toutes les portes de son village, mais ne peut trouver une famille sans deuil. Elle comprend alors que le cycle de vie et de mort est inévitable. Elle retourne voir Bouddha qui lui enseigne cette vérité : ce qu'il y a de plus précieux en elle, l'amour inconditionnel pour son fils, ne peut mourir.

Dans *Il n'y a ni mort ni peur,* Thich Nhat Hanh dit que si nous perdons un être cher, nous souffrons. Après le décès de sa mère, Thây raconte qu'il a beaucoup souffert. Mais un jour, tandis qu'il dormait dans la hutte de son ermitage sur les Hauts Plateaux du Viêt-Nam, il a rêvé de sa mère. C'était un réel plaisir pour lui d'être assis avec elle et de lui parler comme si elle n'était jamais morte. Il s'est réveillé et a ouvert la porte de sa hutte. Il s'est mis à marcher sur la colline et il a senti la présence apaisante de sa mère auprès de lui.

Je me rappelle d'un moment très particulier comme si c'était hier. J'étais à Singapour avec mon amie Lise qui y travaillait. Nous nous sommes promenées dans le jardin des Orchidées dans le vaste Jardin Botanique. Merveille des merveilles. Ce jardin regorge de milliers d'orchidées qui se déclinent dans des couleurs magnifiques : rouge carminé, bleu profond, violet tendre. Des parterres étaient couverts d'une même espèce, l'effet de masse était saisissant. Une petite brise m'apportait leurs parfums délicats. Une féerie florale à faire tourner la tête.

J'ai eu une soudaine pensée émue pour ma mère qui s'était occupée avec amour de ses modestes pots d'orchidées dans notre maison à Saigon. J'ai vu ma mère, non pas une dame usée aux cheveux blancs avec des gestes lents, mais une femme jeune et belle aux longs cheveux de jais dans une tunique traditionnelle en soie et elle souriait à l'adolescente que j'étais. Cette vision m'a fait du bien car d'un coup de baguette magique nous étions toutes les deux rajeunies de quarante ans.

À peu près au même moment, ma mère avait rendu son dernier souffle à Hô-Chi-Minh Ville, anciennement Saigon, à plus de mille kilomètres de Singapour. Une pure coïncidence sans doute. Je présume que ma mère était venue me dire un dernier au revoir dans ce décor somptueux d'orchidées. Cela me console. Je veux bien croire que c'était un signe de ma mère.

Lors des funérailles une semaine plus tard, on a mis sur son cercueil avant la crémation un petit bouquet de zinnias. Ma mère aimait beaucoup ces fleurs. Des volutes de fumée provenant des bâtons d'encens enveloppaient ces fleurs avant de se disperser. Une deuxième coïncidence peut-être, j'imagine que l'âme de ma mère était venue sentir et caresser ces zinnias avant de partir.

Dans son livre, Thich Nhat Hanh écrit ceci : « Prenez la main d'une personne qui connaît la pratique de la marche méditative. Regardez chaque feuille, chaque fleur, les oiseaux et les gouttes de rosée. Si vous pouvez vous arrêter et regarder profondément, vous pourrez reconnaître ceux que vous aimez qui ne cessent de se manifester sous de multiples formes. Vous retrouverez la joie de vivre ». Selon Thây, la personne aimée n'est pas perdue. Elle se manifeste sous une autre forme. Comprendre cela nous aide beaucoup à moins souffrir.

J'étais malheureuse car je souhaitais la présence physique de ma mère auprès de moi. Je comprends maintenant que l'amour de ma mère, je le garde en moi, plus rien ne peut le faire disparaître. Où que j'habite, j'ai l'habitude de planter des zinnias sur ma terrasse. Et je revois ma mère dans le jardin de mon enfance prendre soin de ces fleurs généreuses. Elle recueillait chaque fleur fanée pour en extraire les graines, les enfouissait dans de petites mottes de terre et repiquait les jeunes plants dans le jardin. Et le cycle recommençait.

Ces zinnias rouges, roses et jaunes, qui fleurissent abondamment devant mes yeux, me rendent heureuse, car ils me ramènent à l'amour de ma mère.

Les zinnias fleuris
Au jardin de ma mère
Tendres souvenirs.

31. La Patience

À une quinzaine de kilomètres de la Citadelle de Huê, la plage de Thuân An ressemble à un arc de cercle de nacre. Cette plage de sable blanc se niche dans l'estuaire où aboutit la rivière des Parfums avant de se jeter dans la mer de Chine méridionale. Elle s'étire paresseusement sur quatre cents mètres.

Je voulais montrer cette plage à Pierre, car elle est fréquentée par les habitants de Huê. Quand la pêche est bonne, les bateaux et les barques reviennent tôt le matin, les cales chargées de poissons. Alors, c'est la cohue dans la joie. Pêcheurs, vendeurs et acheteurs négocient à qui mieux mieux.

En cette fin d'après-midi, nous nous installons dans un petit restaurant pour prendre le thé. Les habitants de la région s'y retrouvent en famille et entre amis pour profiter de la brise marine.

« Cette plage de Huê est souvent balayée par des typhons, dis-je. Les pêcheurs et les sampaniers en sont les premières victimes. Leurs embarcations en bois sont fragiles. En raison de son emplacement, la région côtière du Centre est la partie la plus vulnérable du Viêt-Nam. Il faut dire que les typhons y passent à grande vitesse et ravagent tout sur leur passage.

– Je me rappelle de l'ouragan Mitch qui a frappé l'Amérique centrale en 1998, dit Pierre. J'étais à Maya Plage. J'ai encore des cauchemars en raison de ce terrible ouragan. On ne peut rien face à la furie de la Nature.

– L’ouragan Mitch est considéré comme la catastrophe naturelle la plus grave survenue dans la région.

– Quelques jours avant l’arrivée de l’ouragan à Maya Plage, Sylvia et Pablo m’avaient aidé à clouer des planches pour protéger les portes et les fenêtres de ma maison. Je n’avais pas très bien saisi le réel danger, mais mes amis avaient déjà vécu le passage d’ouragans. Ils m’avaient dit que ceux-là étaient moins puissants par rapport à Mitch qui s’en venait.

– J’ai beaucoup pensé à toi Pierre et je surveillais sur l’écran de télévision l’arrivée de cet ouragan d’heure en heure. C’était bien impressionnant de voir sa masse qui couvrait une grande partie de l’Amérique centrale. »

Des vents violents et des pluies torrentielles ont causé des inondations et des glissements de terrain dans plusieurs pays, faisant des milliers de morts. Des villages entiers ont été ravagés et des milliers de personnes se sont retrouvées sans abris et sans ressources. Des bâtiments, des ponts et des routes ont été détruits.

« Mes amis voulaient absolument que j’aille m’abriter chez eux, dit Pierre. Même si leur maison était solidement bâtie en pierres, j’ai entendu les murs craquer toute la nuit. Le vent soufflait très fort. À un certain moment, j’ai même cru que tout allait s’effondrer sur nous. C’était épouvantable, je n’ai pas fermé l’œil de la nuit.

– Vous vous êtes sentis bien démunis au milieu de la tempête entre jungle et mer, loin de tout. Les habitants de la région se sont réfugiés dans des églises dans les villes à l’intérieur des terres.

– Dans la grande malchance, nous avons eu une petite chance. Nous étions en périphérie de l’ouragan, mais nous avons tout de même subi sa force destructrice et beaucoup de dommages. »

Au lever du jour, Pierre avait pris la mesure du désastre. Si sa maison avait été épargnée, les arbustes de son jardin étaient brisés comme des allumettes. Sur la mer étale miroitait son îlot. Il redoutait de découvrir son état à marée basse. L'ouragan y avait laissé sa signature. Le spectacle des pins et des palmiers couchés à terre lui avait brisé le cœur. Même des palétuviers étaient arrachés.

« Tous les oiseaux avaient fui, dit Pierre. Je croyais les entendre, mais non, c'était seulement des sons dans mon imagination, le silence sur mon îlot était triste à pleurer. Nulle trace de l'iguane et du héron bleu, mes compagnons de Maya Plage. »

Pierre s'était remis à l'ouvrage. Sur son îlot, il avait planté dans la vase, un à un, des bouts de racine de palétuvier pour restaurer la mangrove. En plus de retenir la terre, la mangrove piège les sédiments, filtre la pollution et sert de lieu de reproduction, une pépinière pour les poissons, crabes et mollusques. Mais les vagues venaient aussitôt rafler quelques-uns de ces bouts de racine et les emportaient jusqu'à un autre rivage. La vie côtière se renouvelait ainsi.

« J'ai compris cette notion de provisoire depuis l'ouragan Mitch, dit Pierre. Rien n'est jamais acquis ici. Qui suis-je pour m'approprier cette terre ? C'est elle qui m'a choisi. On sait qu'on y est, mais pour un moment seulement. Qui suis-je pour vouloir la modeler ? Elle ne m'appartient pas. Cela rend humble.

– Selon un proverbe indien, la vie n'est qu'un pont, traverse-le, mais n'y établis pas ta demeure. »

Et chaque matin, Pierre répétait les mêmes gestes. Avec une patience infinie, il repiquait des racines de palétuvier une à une :

« Selon Confucius, choisis un travail que tu aimes et tu n'auras jamais à travailler un seul jour de ta vie, c'est cela qui m'est arrivé ! » dit-il.

L'histoire de Pierre me rappelle un conte vietnamien que j'aime en particulier. Un pêcheur trouve une perle rare. En la mettant dans sa bouche, il peut entendre la conversation des animaux. Intrigué, le roi lui emprunte sa perle. En se promenant en barque, le roi entend chanter un poisson. C'est si drôle que le roi éclate de rire : « Ha ! Ha ! Ha ! ». En riant à gorge déployée, il laisse tomber la perle dans la mer. Le pêcheur, à force de vouloir retrouver sa perle rare, se transforme en crabe de mer. Depuis, on raconte qu'il y a un petit crabe qui n'arrête pas de charrier du sable, boule par boule, sur la plage. Comme la vague dissout la boule de sable à chaque fois, le crabe en roule une autre, et ainsi, éternellement. À Maya Plage, mon ami Pierre était comme ce crabe, un jardinier de la mer.

Un crabe de mer
Roulant une boule de sable
Cherche un trésor.

32. La Paix en marche

Thich Nhat Hanh aime raconter l'histoire de deux astronautes qui font une expédition sur la lune. Lorsqu'ils sont là-haut, ils ont un problème et la fusée ne peut pas les ramener sur terre. Ils ont des réserves d'oxygène pour seulement deux jours. Il n'y a aucun espoir que quelqu'un puisse venir les sauver, il ne leur reste que deux jours à vivre. Leur souhait le plus cher est de revenir sur notre belle planète, de marcher sur la Terre, d'apprécier chaque pas en écoutant les sons de la nature, en tenant la main de l'être aimé et en contemplant la lueur de la lune, la nuit.

Thây croit que nous devons vivre chaque jour en pensant à ces astronautes. Nous devons savourer chaque minute de notre existence et apprécier notre chance d'être sur terre.

Le maître zen Lin Chi dit :

« Le miracle, ce n'est pas de marcher sur l'eau ou sur le feu, le miracle, c'est de marcher sur la Terre. »

Thây dit qu'il aime marcher tranquillement un peu partout, même au milieu de la foule, dans les aéroports et les gares. En marchant comme cela, il inspire beaucoup de personnes à faire de même car chaque pas est un miracle. Il nous l'explique dans ce poème :

Chaque pas est un miracle.
Chaque pas me nourrit.
Chaque pas me guérit.
Chaque pas est la liberté.

« Crois-tu à la réincarnation ? me demande Pierre.

– Chacun est libre de croire ou non à la réincarnation, dis-je. Dans le bouddhisme tibétain, on croit qu'après la mort notre corps disparaîtra, mais que notre âme se joindra au continuum de conscience universelle. Il me plaît de penser que lorsque je ne serai plus, je ferais partie de ce continuum de conscience. La vie est plus belle ainsi.

– Voilà pour l'éternité. Quel mystère ! C'est une idée intéressante. Cela me plaît aussi, c'est comme si notre conscience existait dans une autre dimension.

– Je te pose la question-clé que Bernard Pivot, dans son inoubliable émission Bouillon de culture, posait à ses invités : "Quel arbre ou quel animal dans lequel vous aimeriez être réincarné" ?

– J'aimerais me réincarner en érable parce que mon père avait une érablière et que j'aime beaucoup le sirop d'érable. C'est un bel arbre de chez nous.

– Le moine Ryôkan a écrit un beau haïku sur la feuille d'érable. Nous sommes comme des feuilles d'érable avec nos moments de joie et de peine dans cette vie.

Une feuille d'érable
Montre son dos, montre sa face
Avant d'atteindre le sol[15].

– C'est une belle métaphore. Et toi, qu'aimerais-tu devenir ?

– Un jour en nageant dans la mer à Huê, j'ai vu une créature marine comme un ruban transparent avec des points orangés comme des reflets lumineux. Elle dérivait au gré du courant. J'étais émerveillée par sa légèreté. En cherchant bien, j'ai découvert qu'il s'agissait de la Ceinture de Vénus.

– Ceinture de Vénus, quel joli nom !

---

[15] *66 Haiku*, Traduction de Joan Titus-Carmel, Verdier, 2004.

– Elle doit cette appellation poétique à sa forme de ruban aplati et transparent. Voilà, je serais une Ceinture de Vénus ondulant dans une mer chaude. »

Dans son recueil de poèmes *Haïkus*, Sôseki a fait ce choix pour sa renaissance :

J'aimerais renaître
Si c'était possible aussi modeste
Qu'une violette.

Chaque fois que je vois une violette, je pense à Sôseki, le « modeste » poète aux deux mille cinq cents haïkus écrits il y a plus d'un siècle et dont la beauté nous éblouit encore. Je trouve que grâce à cet immense poète japonais, le haïku, petit poème qui suspend le temps et fait durer l'éphémère, est aussi une histoire d'immortalité.

33. La Fragilité

Par la fenêtre ouverte, j'imagine le doux chant des oiseaux de l'îlot de Pierre, mais je suis plutôt assaillie par les croassements lugubres des corneilles. J'ai reçu ce matin des nouvelles sur l'état de santé de Claire. Elles ne sont pas bonnes. Des métastases s'étaient propagées dans son corps. Selon son oncologue, la médecine ne pouvait plus rien faire pour elle et ses jours étaient comptés. Claire ne pouvait pas marcher et parler normalement à cause d'une tumeur au cerveau. Elle reconnaissait ses amis et prononçait un ou deux mots, mais ne pouvait pas faire une phrase complète.

Je reste abasourdie. Un flot de larmes me submerge. L'oncologue avait proposé l'hospitalisation en soins palliatifs pour Claire, mais Bertrand avait décidé de la ramener à la maison. Il avait installé un lit médicalisé dans la salle de lecture avec une baie vitrée donnant sur un parc. Une aide-soignante venait tous les jours pour les soins de base, une infirmière deux fois par semaine pour les médicaments et un médecin en soins palliatifs une fois par semaine pour les examens.

Que la maladie bloque l'usage de la parole de Claire, c'est insupportable. Que ses jours soient comptés, cela me dépasse ! J'osais espérer que Claire tiendrait encore quelques mois, peut-être quelques années. Je pourrais aller la voir et nous prendrions un thé ensemble, et même si elle était affaiblie, nous pourrions encore bavarder comme avant. De livres, de voyages, de tout et de rien.

Claire continuait de respirer par elle-même, de prendre ses médicaments et de manger. Chose importante, elle ne souffrait pas physiquement. La sœur et la nièce de Claire étaient en route de Provence pour passer du temps avec elle et Bertrand.

Je cherche refuge dans un lieu intemporel où règne le silence. Ma mémoire fait le tri parmi mes beaux souvenirs. J'étais assise sur la dernière marche d'un temple en hauteur et je contemplais la Vallée aux deux mille pagodes à Bagan, au Myanmar. Au lever du soleil, la vallée à perte de vue était baignée d'une fine brume, l'horizon était zébré de gris et d'orange. Je me croyais au premier matin du monde. Un souffle, je levai les yeux. Au-dessus des stupas et des dômes dorés de ces magnifiques temples survolait une montgolfière, légère au vent.

Sôseki, après avoir fait une retraite dans un temple zen à Kamakura, a saisi la fragilité de notre existence dans son recueil *Haïkus* :

Demandez au vent
Quelle feuille tombera
La première.

34. La Clarté

Pierre et moi contemplons les ruines de My Son, l'ancienne capitale du Royaume du Champa, à environ cent cinquante kilomètres au sud de Huê. Nous admirons ces magnifiques tours-sanctuaires qui représentent le Mont Méru, centre de l'univers et berceau des dieux. Les temples en briques rouges sont flanqués de piliers sculptés de bas-reliefs en grès représentant des scènes de la mythologie hindoue. Des sculptures de danseuses incarnent beauté et grâce.

« My Son, qui veut dire Belle Montagne en vietnamien, est le plus grand site du royaume du Champa, dis-je. Les temples, au cœur d'un cirque montagneux, sont regroupés autour d'un sanctuaire principal. Chaque roi cham a contribué à la construction d'un temple à la gloire des divinités hindouistes, Krishna, Vishnou et Shiva. »

Ce lieu de culte dégage une grande sérénité. J'admire ces tours-sanctuaires, témoignages d'un long passé spirituel, et je pense à la civilisation du Champa disparue dans les tourbillons de l'histoire de l'Asie du Sud-Est. Les Cham constituent à présent une minorité ethnique au Viêt-Nam, au Cambodge et en Malaisie.

Nous retournons à Hôi An pour visiter cette ville classée au patrimoine mondial. Hôi An abritait le plus grand port du royaume du Champa situé sur les routes maritimes du commerce de la soie. À partir du XVIe siècle, sous la dynastie Nguyên, elle a connu une grande expansion. Des jonques marchandes arrivaient du Siam, la Thaïlande actuelle, du Japon et de la Chine.

De riches marchands chinois et japonais y avaient installé des comptoirs florissants. Ils avaient construit des maisons en bois dur de jaquier et érigé des temples bouddhistes que l'on peut maintenant visiter. Nous admirons le pont japonais, un pont couvert de dix-huit mètres de long et de trois mètres de large qui reliait jadis les quartiers habités par les communautés chinoises et japonaises. Ce pont sculpté de dragons est recouvert d'une toiture de tuiles. Dans la vieille ville, l'histoire est présente dans chaque maison et chaque temple. Il y a une convergence de religions et de cultures. C'est extraordinaire pour nous de remonter loin dans le temps dans un espace si restreint.

Ce soir, Hôi An a éteint toutes ses lumières et l'ancien quartier est accessible seulement aux piétons. Pas un seul bruit de moteur et de klaxon. Des centaines de lampions de toutes formes et de toutes couleurs ornent les rues et les maisons. Le spectacle est absolument féerique !

C'est la dernière soirée de Pierre au Viêt-Nam. Demain, il reprendra l'avion pour Montréal. Nous avons choisi un sampan voguant sur la rivière pour un souper à la lumière des lanternes. Cela nous rappelle nos repas à la chandelle à Maya Plage.

La propriétaire du restaurant flottant, Hoa, a choisi pour nous un menu. Comme entrée, elle apporte un *cao lau* qui fait la fierté de Hôi An, des nouilles de riz avec des lamelles de porc rôti aux herbes parfumées, accompagnées de galettes au sésame. Le bouillon est chaud et succulent. Elle prépare ensuite devant nos yeux gourmands des crêpes de riz à la vapeur. Elle y ajoute des crevettes aux champignons. Ces pétales de fleurs saupoudrées d'oignons grillés avec une sauce vinaigrée aux piments rouges fondent dans la bouche. Que c'est bon !

Hoa nous offre à la fin du repas un dessert sucré aux graines de lotus qu'elle verse dans de petits bols en porcelaine blanc et bleu.

« Le *chè* est un dessert tiède arrosé de lait de noix de coco, c'est typiquement vietnamien, dit-elle avec fierté. Le lotus tonifie le cœur et calme l'esprit. »

Après le repas, Hoa nous offre deux petits lampions en feuilles formant un lotus. Elle allume une petite bougie à l'intérieur. Nous déposons doucement nos offrandes sur l'onde. Des dizaines de fleurs de lotus scintillent sur la rivière au loin. Si à Hôi An, le lâcher de lampions est un spectacle de toute beauté dans la nuit, son origine vient de l'hindouisme de l'ancien royaume du Champa. Les Hindous célèbrent leurs divinités en déposant des lampions illuminés dans le fleuve sacré, le Gange, en hommage à la déesse Ganga, « Mère des Eaux ».

« Ces lampions partiront vers le large avec vos souhaits, » explique Hoa avec son bel accent de Huê.

Dans le silence qui n'est troublé que par le clapotis de l'eau, nous regardons voguer pendant longtemps nos lumières parmi tant d'autres. Émue, je pense à Claire.

Voguent les lampions
Sur la rivière scintillante
Emportant nos vœux.

35. L'Harmonie

Bali porte bien son nom : Île des Dieux. Mer turquoise, plage de sable blanc, flore exubérante, temples sacrés, il est clair que l'île est bénie des divinités. Bien que la population de l'Indonésie soit à majorité musulmane, les Balinais, d'une rare exception, pratiquent un hindouisme très localisé qui intègre les éléments bouddhiques, animistes ainsi que le culte des ancêtres. Ils ont une admirable façon de vivre avec plénitude et harmonie.

À Ubud où bat le cœur spirituel et culturel de Bali, c'était jour de fête religieuse. Je regardais le défilé, rituel riche en images et en couleurs. La rue était décorée de grandes tiges de bambous fleuries et de feuilles de palmiers tressées. Des femmes étaient habillées de leurs tenues traditionnelles, chemises en dentelles dorées, longs sarongs en batik et serrés à la taille par une large ceinture. Elles portaient sur leur tête, des paniers d'osier contenant des offrandes. Les hommes, turban cerné d'un ruban doré au front, étaient vêtus d'une chemise blanche et d'un sarong autour de la taille.

Je me suis rendue avec la foule des pèlerins au temple. Il était magnifiquement décoré de fleurs fraîchement cueillies dès l'aube. Des jeunes filles, assises sur le perron, enfilaient des jasmins blancs et des œillets d'Inde jaunes en guirlandes avec de petits gestes doux comme si elles égrenaient les perles de leur chapelet. Elles enlevaient les pétales de roses et les répandaient sur le passage menant à l'autel du temple. Chaque action était accomplie avec recueillement.

En dehors des lieux de culte, ces hommes et ces femmes avaient diverses occupations : agriculture, artisanat, vannerie, hôtellerie, restauration. Mais leur travail ne semblait pas perturber le calme qui se dégageait d'eux. Ils vivaient en communion avec le sacré. Il ne se passe pas une journée sans cérémonie. D'une simple feuille de palmier avec une fleur déposée sur le sable, au petit lampion placé sous un banian et aux grandes corbeilles de fruits et de fleurs sur des autels, les offrandes se trouvaient partout. La légende dit qu'il y a des génies dans chaque arbre, chaque source, chaque rivière, chaque montagne, et il faut les vénérer.

La philosophie de *Tri Hita Karana*, qui veut dire les trois piliers de l'harmonie, vise à une relation harmonieuse entre les êtres humains et les dieux, les êtres humains entre eux et les êtres humains et la Nature. Les Balinais consacrent beaucoup de temps aux cultes et ainsi à l'enrichissement de leur vie spirituelle. Ils vivent en accord avec la part de divin en eux. Ils font la rencontre quotidienne avec la bonté profonde de leur être. J'ai l'impression que cela contribue naturellement à leur gentillesse et à leur tolérance.

Là-bas, la mer vient étaler ses écumes blanches au bord d'une île aux âmes sereines comme pour la protéger. Je m'efforcerai, plus que jamais, d'ouvrir mon esprit et mon cœur et de laisser entrer en moi la splendeur des jours.

36. La Liberté

D'île en île, je suis revenue à Montréal pour revoir Pierre et Claire. Pierre et moi, nous nous promenons dans les allées ombragées du parc La Fontaine. Pierre se déplace péniblement, mais il tient à marcher pour renforcer les muscles de ses jambes.

« C'est douloureux de vieillir, tu verras quand tu auras mon âge ! dit Pierre.

– Il y a un proverbe en Asie qui dit ceci : "Ne vois pas d'un mauvais œil de vieillir, beaucoup n'ont pas ce privilège", dis-je. Je revois ma mère qui déambulait lentement en comptant ses pas au cours de ses dernières années. Elle s'estimait chanceuse d'être encore en vie, car plusieurs de ses proches étaient morts pendant la guerre au Viêt-Nam.

– Chaque matin, je me regarde dans le miroir et malgré tout, je suis content. Il faut bien apprécier son âge, je suis encore en vie, je respire, je marche avec peine, mais j'avance quand même. On ne doit pas faire le compte de ce qui est perdu, mais de ce qui reste. Et il nous reste encore de belles choses à vivre.

– Nous touchons la Terre Mère à chaque pas comme dit Thich Nhat Hanh. Nous inspirons à chaque pas sa force et sa stabilité et nous expirons notre colère et notre peur. Nous appartenons à cette Terre, nous faisons partie de cette Nature.

– En respirant et en marchant, je ne pense qu'à ce que je suis en train de faire, cela m'aide à dénouer les nœuds de mes émotions. »

Dans *La Paix en soi, la Paix en marche*, Thich Nhat Hanh dit que nous marchons tout le temps, mais la plupart du temps, cela ressemble davantage à une course. Comme une empreinte carbone, nos pas pressés laissent une empreinte d'anxiété et de chagrin sur terre. Si nous pouvons faire un pas en étant en paix, nous pouvons faire deux, trois, quatre puis cinq pas pour la paix et le bonheur de l'humanité :

L'esprit se perd dans mille et une pensées
Mais je marche en paix, sur ce beau chemin
À chaque pas, souffle un vent doux
À chaque pas, une fleur éclot.

« Ne cherchez pas à contrôler votre respiration. Laissez vos poumons prendre autant d'air qu'il leur faut et prenez simplement conscience du nombre de pas que vous faites à mesure que vos poumons se remplissent et se vident, en étant conscient de votre respiration, » écrit Thây.

Nous nous dirigeons en comptant nos pas vers le Théâtre de la Verdure, une scène en plein air où se produit l'Orchestre métropolitain de Montréal sous la direction de Yannick Nézet-Séguin, jeune chef d'orchestre talentueux. L'orchestre jouera la Messe en si mineur de Jean-Sébastien Bach. Pendant que les musiciens accordent leurs instruments de musique, quelques oiseaux sur une branche lancent leurs drilles exactement dans les mêmes notes en réponse aux musiciens. Un petit prélude avec les oiseaux. Pierre les écoute avec délectation.

Silence général. Le chef d'orchestre se tient figé quelques secondes avant de donner son signal aux musiciens. Puis, nous sommes plongés dans une musique grave de Bach qui nous arrache le cœur, nous extirpe l'âme et nous fait monter les larmes aux yeux. Mon ami a raison. Il nous reste de belles choses à vivre.

Dans son livre *Une année singulière avec mon cancer du sein*[16], la psychologue et écrivaine Maryse Vaillant relate sa dure année de lutte contre son cancer : « Le cancer m'a enseigné qu'on peut vivre "bien" une sale épreuve. La traverser sans sombrer ». Elle croit que si chacune des étapes, prise séparément, est souvent difficile, en revanche, elle ne regrette pas l'ensemble de cette expérience. « Je ne suis pas certaine d'en être sortie meilleure ni même changée. Je sais seulement que ce voyage m'a fait vivre d'étranges et fortes choses, » écrit-elle.

Ce livre intense et riche est un magnifique plaidoyer pour la vie et la liberté. Favoriser la vie malgré l'épuisement et parfois même malgré le désespoir.

Maryse Vaillant prend soin de nous le rappeler : « Alors, à chaque fois que c'est possible, il me faut penser à être heureuse. Chaque jour, plusieurs fois par jour. Ne pouvant ni ignorer ni soulager la peine du monde, je me refuse d'y ajouter la mienne. À noter donc à mon agenda : tous les jours, penser à être heureuse. »

Chaque jour de l'année
Penser à être heureux
Plusieurs fois par jour.

---

[16] *Une année singulière avec mon cancer du sein*, Maryse Vaillant, Albin Michel, 2008.

37. La Souffrance

« Allo Bertrand, c'est Vân !

– Tu m'appelles d'où ?

– Je suis à Montréal depuis quelques jours. Comment vas-tu ? Comment se porte Claire ?

– Elle est très affaiblie. Ce n'est pas arrivé d'un seul coup, mais petit à petit. Elle ne mange plus rien de solide, juste quelques cuillerées de lait fortifiant. L'infirmière vient plus souvent maintenant pour lui administrer de la morphine et des corticostéroïdes.

– Des corticostéroïdes ?

– Ce sont des hormones qui atténuent les inflammations causées par la tumeur au cerveau. Le médecin en soins palliatifs vient tous les deux jours et j'ai son numéro de cellulaire pour l'appeler en cas d'urgence.

– Est-ce que je peux venir vous voir cette fin de semaine ?

– Notre porte est grande ouverte. Cela me fera grand plaisir de te revoir. Je suis sûr que Claire sera contente. Je dis cela, mais à vrai dire, je n'en sais rien. Peut-être aussi qu'elle ne va pas te reconnaître. Dans la journée, elle a de petits moments de conscience et de longues périodes de somnolence. Elle ne parle plus. Depuis le départ de la sœur et de la nièce de Claire, Lise vient régulièrement à la maison pour veiller sur elle. D'autres amis passent aussi pour donner un coup de main et me permettre de sortir prendre l'air.

– Je viendrai avec Viviane. »

Morphine, corticostéroïdes, médecin en soins palliatifs, que de mots étranges à mes oreilles ! La fin de mon amie est-elle donc si proche ? J'ai parlé avec Bertrand d'un ton dégagé, mais à l'intérieur de moi mon cœur battait à tout rompre. Après le coup de fil, je m'affaisse sur un canapé, apathique, le souffle court, les bras ballants. Je n'ai plus aucune énergie. Il semble que le calme que j'ai acquis grâce à l'enseignement de Thich Nhat Hanh a fondu comme neige au soleil. Je suis en mode de pilotage automatique. Devant une émotion trop forte, le cerveau coupe le circuit. Je suis dans un planeur, je vole en silence dans les nuages, c'est léger et cotonneux. Ne téléphonez pas, ne sonnez pas, ne frappez pas à la porte, n'attendez rien de moi, je ne suis pas là.

Mais, il me faut maintenant affronter mes démons. Ils sont trop forts, ils sont trop violents, grand Ciel bleu, je ne suis pas capable, donnez-moi un peu de force ! Mais il me faut faire face à l'indicible, je ne peux reculer, je dois aller au bout de moi-même. Je vais regarder la mort en face, celle de ma chère amie et d'une certaine façon, la mienne. Je suis en rébellion, mais j'ai les mains ligotées devant cette réalité que je sais, hélas, irréversible. Un douloureux sentiment de vulnérabilité me submerge. J'entends ma propre voix me dire : « Tu as beau apprendre la pratique de la pleine conscience, c'est le moment de l'appliquer. Aucun moine ne citera un sutra pour te sortir de là. Tu es seule, tu dois te tenir debout, toucher à ta vieille peur et aborder ta propre souffrance ».

Dites-moi Ciel bleu
Est-ce déjà le moment ?
Tristesse infinie.

38. La Finitude

« Ma religion est de vivre et de mourir sans regret, » dit le grand Maître et poète du Tibet, Milarépa.

On aspire à vivre et à mourir en paix et sans regret. Comment y parvenir ? Plusieurs d'entre nous sont désemparés face à la vie ou en colère sinon terrifiés face à la mort.

Le livre *Vivre en mourant*[17] de Christopher Hitchens m'a troublée. Journaliste, écrivain et polémiste engagé contre toutes les religions du monde, Christopher Hitchens y décrit son terrible combat contre un cancer en phase terminale. Je l'ai relu plusieurs fois pour trouver quelques mots sur sa spiritualité. Mais je n'ai rien trouvé, ce qui ne veut pas dire absence de vie spirituelle. L'auteur n'a rien laissé paraître. Pas un seul paragraphe. Pas une seule ligne. Pas un seul mot. Pas une seule allusion ou presque.

Il écrit : « Une fois réduit à l'état d'imbécile terrifié et à demi-conscient, il se peut même que je réclame à grands cris un prêtre, au moment de la fermeture ; mais j'affirme ici, tant que je suis encore lucide, que l'être s'humiliant ainsi lui-même ne serait en fait pas "moi" (gardez ça à l'esprit, pour le cas de rumeurs ou falsifications ultérieures). » Il continue cependant à espérer : « Qu'est-ce que j'en espère ? Sinon la guérison, du moins une rémission. Et qu'est-ce que je désire y gagner ? La plus belle juxtaposition de deux mots qui sont parmi les plus simples de notre langue : la liberté de parole ».

[17] *Vivre en mourant*, Christopher Hitchens, Flammarion, 2013.

Le grand reporter David Rieff a publié *Mort d'une inconsolée : les derniers jours de Susan Sontag*[18], en hommage à sa mère, écrivaine américaine et grande figure du féminisme. Il y décrit la lutte acharnée de sa mère contre trois cancers, et ses propres sentiments d'impuissance et de culpabilité face à sa longue maladie. David Rieff explique : « Si comme je le crois, elle se voyait spéciale, sa dernière maladie exposa cruellement la fragilité de cette idée. Ce fut une maladie sans pitié pour ce qu'elle exigea de souffrance et de terreur. Ma mère, qui craignait l'anéantissement plus que tout, vécut pleinement l'angoisse de son anticipation imminente ». Susan Sontag refusait toute assistance spirituelle au seuil de sa mort. « Ce que j'essaie de retransmettre ici, c'est qu'elle est morte comme elle a vécu, c'est-à-dire irréconciliée avec la mort jusqu'au plus fort de la souffrance, et Dieu sait qu'elle a souffert, » écrit-il.

David Servan-Schreiber s'est posé à lui-même la question sur son comportement face à la mort dans son livre *On peut se dire au revoir plusieurs fois*[19]. En tant que médecin spécialiste et psychiatre, il espérait que sa longue expérience d'accompagnement des mourants l'aurait « un peu aguerri face à la terreur de la mort ». Avec beaucoup d'humilité, il écrit : « Je n'oublie pourtant pas que l'on peut perdre toute sa belle sérénité quand l'heure sonne. Si j'ai vu bien des personnes s'éteindre tranquillement, j'en ai parfois vu aussi certaines qui ne manquaient pas de courage mourir dans l'angoisse. Il n'est pas exclu que cela m'arrive également… Et je demande à mes proches de ne pas trop m'en vouloir s'ils constatent que je tremble au seuil de la mort ».

---

[18] *Mort d'une inconsolée : les derniers jours de Susan Sontag*, David Rieff, Climats, 2008.
[19] *On peut se dire au revoir plusieurs fois*, David Servan-Schreiber, en collaboration avec Ursula Gauthier, Robert Laffont, 2011.

L'écrivain et poète François Cheng précise que « la pensée taoïste compare la vie à un fleuve qui, avant de se jeter dans la mer, semble suivre un cours irréversible. Durant son écoulement, une partie de ses eaux s'évapore et monte dans le ciel. Là, elle se transforme en nuages, pour retomber ensuite en pluie sur les montagnes, qui vont réalimenter le fleuve à sa source ». Inspiré du célèbre poème de jeunesse de Rainer Maria Rilke : *Seigneur, donne à chacun sa propre mort*, François Cheng écrit : « Peu importe la durée de ma vie, pourvu que je meure d'une mort qui soit à moi, que je meure en poète[20] ».

La mort est perçue avec une certaine sérénité comme la continuité d'une autre forme de vie dans la tradition zen. La poétesse et moniale japonaise Chiyo-ni a dicté ce dernier haïku avant de mourir :

J'aurai vu la lune aussi
À ce monde
Adieu[21].

Le poète classique et peintre japonais Buson a composé ce haïku quelques heures avant son grand départ. La mort est une aube dans laquelle l'âme du poète va se fondre :

Fleurs de pruniers blanches
Et cette nuit qui devient
La lueur de l'aube[22].

---

[20] *Cinq méditations sur la mort, autrement dit sur la vie*, François Cheng, Albin Michel, 2013.

[21] *Chiyo-ni – bonzesse au jardin nu*, Éditions Moundarren, 2005.

[22] *66 Haiku*, Traduction de Joan Titus-Carmel, Verdier, 2004.

39. La Délicatesse

Je suis arrivée chez Bertrand et Claire avec mon amie Viviane, les bras chargés de cadeaux. Bertrand nous accueille au seuil de la porte en disant que Claire dort, mais que nous pouvons aller la voir. Nos amis, Nicolas et Lise, s'y trouvent déjà et l'atmosphère est chaleureuse. Nous montons sans faire trop de bruits l'escalier en bois menant à la salle de lecture au deuxième étage. Claire adore cette pièce lumineuse donnant sur un jardin public. L'été, elle peut y voir des femmes pratiquer le Tai Chi.

En pénétrant dans la salle de lecture, je remarque un lit médical installé au bord de la baie vitrée, mais je n'y vois pas Claire. Viviane est aussi surprise que moi. Nous nous regardons, désemparées. Je parcours des yeux la pièce de gauche à droite. Personne. Je m'attends à voir Claire sortir de sa chambre à coucher et entendre sa voix enjouée : « Bonjour Vân et Viviane ! »

Silence. Mes yeux reviennent vers le lit et c'est là que je vois la tête de Claire émerger de la pile de couvertures. Stupeur. Une tête menue, un visage sans âge, les yeux fermés, des cheveux clairsemés. Mon cœur bondit dans la poitrine et j'avale mes larmes. Non, ne pas pleurer, pas maintenant, pas devant elle. À ce moment, Claire s'est réveillée. Elle me fixe droit dans les yeux. Son regard va de moi à Viviane, de Viviane à moi, et devient de plus en plus intense. Je reconnais ce regard, ces yeux couleur noisette ! Je sens dans le regard appuyé de Claire un immense effort de remémoration.

« Claire, j'ai promis de venir te voir et je suis là avec Viviane, dis-je. Nous passerons l'après-midi avec toi.

– Bertrand est formidable, dit Viviane. Il s'occupe bien de toi. »

Claire ne peut pas parler. À chacune de nos phrases, elle cligne ses paupières comme pour nous signifier qu'elle a compris. Lise lui a coquettement noué un foulard vert autour du cou. Lorsque Claire se tourne la tête vers la baie vitrée pour contempler le jardin public, je reconnais son profil. Je lui prends la main et je la serre :

« J'ai lu le livre *La dernière leçon* et je l'ai aimé ! »

Voilà, c'est dit. Claire réagit et je sens un peu de force dans sa main. Je pense au livre *Le Scaphandre et le Papillon*[23] qui m'a bouleversée. Suite à un accident vasculaire cérébral, Jean-Dominique Bauby est atteint du syndrome de verrouillage, c'est-à-dire enfermé à l'intérieur de lui-même. Il ne peut pas bouger, manger, parler et respirer par lui-même sans assistance. Cependant, il est pleinement conscient, son esprit est clair et il peut bouger seulement son œil gauche. Dans sa tête, Bauby voyage : « Le scaphandre devient moins oppressant, et l'esprit peut vagabonder comme un papillon. Il y a tant à faire. On peut s'envoler dans l'espace ou dans le temps, partir pour la Terre de Feu ou la Cour du Roi Midas ».

Chaque soignant ou chaque visiteur égrène une version de l'alphabet spécialement adaptée pour lui jusqu'à ce que d'un clin d'œil, il arrête son interlocuteur sur la lettre que ce dernier doit prendre en note. Un battement de paupière signifie oui, deux battements veulent dire non. Selon Bauby, « on recommence la même manœuvre pour les lettres suivantes et, s'il n'y a pas d'erreur, on obtient assez vite un mot complet, puis des segments de phrases à peu près intelligibles ».

---

[23] *Le Scaphandre et le Papillon*, Jean-Dominique Bauby, Robert Laffont, 1997.

Avec seulement des mouvements de la paupière gauche, il a dicté son livre : « Il faut surtout que je compose le début de ces carnets de voyage immobile pour être prêt quand l'envoyé de mon éditeur viendra le prendre en dictée, lettre par lettre. Dans ma tête, je malaxe dix fois chaque phrase, retranche un mot, ajoute un adjectif et apprend mon texte par cœur, un paragraphe après l'autre ».

Viviane montre à Claire les cadeaux que nous lui avons apportés. Des fleurs, du chocolat, une belle bouteille de scotch et un petit mot de la part de notre ami Marc. Bertrand a lu son message devant Claire : « Chers amis, à défaut d'être là parmi vous, je vous offre un bon apéritif. Buvons un verre à la santé de notre chère Claire ! »

Claire esquisse un grand sourire et dit : « Oui ! ». Agréablement surpris, nous applaudissons dans la joie.

Jean-Dominique Bauby a conclu son livre avec cette phrase superbe : « Quand on n'a plus que les mots, aucun mot n'est de trop ». La situation de Claire n'est pas comparable à celle de Bauby. Comme lui cependant, elle a perdu l'usage de la parole et elle communique avec nous avec son regard. Elle a bien dit « oui » et ce seul mot à peine audible m'a infiniment touchée. Dans le cas de Claire, aucun mot n'est de trop, en effet.

Bertrand offre du vin aux amis et se verse à lui-même une bonne rasade de scotch. Dans cette maison, toute occasion est bonne pour célébrer. En levant mon verre, je surprends le regard de Claire qui suit mon geste et qui semble me dire avec un léger reproche : « Comment ça, tu m'as oubliée ? »

Je lui souris et lui demande : « Claire, veux-tu un verre de vin ? » Elle fait un petit signe de la tête.

« Du vin pour Claire !

– J'aurais dû lui donner un verre plus régulièrement ! » s'exclame Bertrand. Nous éclatons de rire.

Claire goûte à quelques cuillerées de vin. Son corps dénoue petit à petit ses attaches terrestres, mais son esprit s'attarde encore un peu. Nous formons un demi-cercle autour d'elle et bavardons à qui mieux mieux.

« Claire et moi, après quarante ans de mariage, avons fait tout ce que nous avions voulu faire, dit Bertrand. Nous avons beaucoup voyagé et nous n'avons aucun regret.

– Camus croit que l'homme est libre à partir du moment où il reconnaît lucidement sa condition absurde, dit Nicolas, ancien professeur de lettres. Il nous convie à vivre jusqu'au bout de notre vie, à accumuler les jours et les heures, c'est la quantité des expériences qui compte.

– Montaigne croit qu'il faut compenser la brièveté de l'existence par l'intensité de nos expériences, ajoute Bertrand.

– Attendez, dis-je, je vais demander à Claire son avis. Es-tu d'accord avec Camus et Montaigne ? »

Comme elle bouge un peu la tête, je dis alors aux amis attentionnés : « Claire est tout à fait d'accord ! »

Tout le monde rit.

« Vân, lorsque je lis à Claire quelques chapitres de ton roman *Hier encore Saigon*, elle devient plus alerte comme si certains mots lui rappellent des souvenirs, dit Nicolas.

– Oui, dis-je, touchée par la gentillesse de Nicolas. Claire a visité plusieurs villes du Viêt-Nam que j'ai décrites dans mon livre. »

En descendant l'escalier avec Viviane, j'entends les bavardages provenant du deuxième étage. Ces moments rapprochent les êtres comme peu d'expériences peuvent le faire. J'admire la délicatesse de ceux qui aiment profondément Claire. Ils réchauffent sa solitude face au néant par un petit feu de joie, de mots et de liberté. Il y a beaucoup d'amour, d'affection et d'amitié dans cette maison. Beaucoup de vie malgré une vie qui se termine.

40. Le Pardon

Il y a des matins où un voile de grisaille semble couvrir toute chose et briser mon âme en mille morceaux. Les oiseaux se cachent dans les buissons, et même le soleil hésite à se pointer. Pour moi, il y a des jours lumineux et d'autres, non. Certaines nostalgies reviennent et certains chagrins semblent resurgir de nulle part.

Thich Nhat Hanh écrit dans *Il n'y a ni mort ni peur* que chaque prune a un noyau. Ce noyau sait comment produire des branches, des feuilles, des fleurs et des prunes pour en faire un prunier. Si le noyau peut le faire, c'est parce qu'il a reçu l'héritage de nombreuses générations d'ancêtres. Thây dit que nous sommes pareils à ces noyaux de prunes. Nous possédons la sagesse et l'intelligence pour devenir un être humain parce que nous avons hérité d'une éternité de sagesse, non seulement de nos ancêtres génétiques, mais aussi de nos ancêtres spirituels. En même temps, nous héritons de leurs angoisses et de leurs peurs. Nous les reconnaissons tels qu'ils étaient avec leurs qualités et leurs défauts.

Selon Thây, l'acceptation est la première étape pour ouvrir la porte du pardon. Parmi les livres recommandés par Claire et qui m'ont émue, il y a *La dernière leçon*[24] de Mitch Albom. Journaliste de sport très en vogue à Détroit, aux États-Unis, il raconte comment son ancien professeur de sociologie, un vieil homme face à la mort, lui a appris le goût de bien vivre.

---

[24] *La dernière leçon*, Mitch Albom, Texte français et introduction de Marie de Hennezel, Robert Laffont, 1998.

Un soir, Mitch Albom a vu par hasard une émission de télévision dans laquelle son ancien professeur, Morrie Schwarz, est interviewé. Celui-ci est atteint d'une maladie neurodégénérative incurable. Mitch Albom a pris l'avion de Détroit pour Boston, d'une distance de mille kilomètres, pour le visiter chaque mardi pendant treize semaines. À chaque rencontre, le vieux professeur et le journaliste ont discuté d'un sujet à la fois, notamment sur la famille, l'amour, l'argent et le pardon.

Sur le pardon, le vieil homme lui a conseillé ceci : « Faire la paix ! Voilà ce dont nous avons besoin. La paix avec soi-même, la paix avec tous ceux qui nous entourent ».

Au seuil de la mort, l'ancien professeur s'estime être chanceux d'avoir eu le temps de pardonner et de se faire pardonner : « Pardonne-toi. Pardonne aux autres. N'attends pas, Mitch. Tout le monde n'a pas le temps dont je dispose. Tout le monde n'a pas cette chance ».

« Quelle belle leçon, n'est-ce pas ? dit Pierre. J'ai l'impression que nous portons tous des résidus de souffrance. Le psychiatre Boris Cyrulnik croit qu'on peut guérir les blessures de l'âme. Il dit que rien ne se joue avant trois ans et que surtout, tout se joue avant cent vingt-ans. La résilience se manifeste toute la vie, c'est encourageant. Il n'est jamais trop tôt ou trop tard pour agir.

– On ne peut pas faire table rase du passé, dis-je. J'ai encore de la colère et du chagrin au fond de moi, des petites blessures de l'âme. J'apprends à me pardonner et à pardonner aux autres. Le passé s'éloigne et le temps répare mes peines. L'écriture m'aide aussi à évacuer ces émotions. »

Ce vieux professeur a appris non seulement à Mitch Albom, mais à nous tous, le goût de « bien » vivre, même ses derniers instants.

41. La Non-Colère

La vie de Thich Nhat Hanh est loin d'être un long fleuve tranquille. En 2005, Thây est retourné au Viêt-Nam pour la première fois depuis quarante ans avec une grande délégation du Village des Pruniers. Le gouvernement vietnamien avait permis à Thây d'ouvrir deux centres de pratique de la pleine conscience affiliés au Village des Pruniers, l'un à sa pagode racine Tu Hieu à Huê, et l'autre au monastère de Bat Nha à Bao Loc, sur les Hauts Plateaux du Centre.

Bat Nha provient du mot sanskrit *Prajna*, connaissance ou sagesse. Près de quatre cents nouveaux moines et moniales vietnamiens s'étaient joints à ces centres de pratique. Mais en 2009, des hommes armés de gourdins et de marteaux saccagèrent ces centres de pratique et jetèrent dans la rue les nouveaux disciples de Thây. Aucune raison officielle n'a été donnée.

Thây devait être en colère. Mais en lisant un poème qu'il avait écrit, j'ai compris qu'il avait écarté depuis longtemps la colère. Lors d'un enseignement aux États-Unis, Thây a raconté que lorsqu'il avait appris que la ville de Bên Tre dans le delta du Mékong fut détruite par des bombardiers américains lors de la guerre au Viêt-Nam, il était très en colère. Il s'était retiré pour méditer. La compassion s'était agrandie en lui et il avait écrit ce poème intitulé *Être libre là où vous êtes*[25] :

[25] Enseignement de Thich Nhat Hanh le 16 octobre 1999 au Centre correctionnel de Maryland aux États-Unis. Traduit de l'anglais par Nguyên Van Thông. Révisé par Evelyne Culot.

Je tiens mon visage à deux mains
Non, je ne pleure pas
Je tiens mon visage à deux mains
Pour réchauffer ma solitude
Deux mains protégeant
Deux mains nourrissant
Deux mains empêchant mon âme
De me laisser en colère.

« C'est un poème sur la colère. La colère est une sorte d'énergie qui vous fait souffrir et qui fait souffrir les personnes autour de vous. En tant que moine, lorsque je suis en colère, je dois prendre soin de ma colère. Vous ne devez pas laisser la colère vous détruire, vous faire souffrir, » a-t-il dit. Ainsi, nous pourrons vivre avec plus de sérénité.

Thich Nhat Hanh est souvent présenté comme moine bouddhiste zen, défenseur de la paix, poète et écrivain. J'ajouterais jardinier, car jardinier et écrivain vont de pair pour Thây. Il a planté jusqu'à un âge avancé, des herbes aromatiques, coriandre, basilic et menthe. Il avait besoin de toucher la terre avec ses mains. Sans le jardinage, il n'aurait pas pu faire de la poésie et écrire des livres.

Thây a publié plus d'une centaine d'ouvrages. Ses livres sont traduits dans plusieurs langues et diffusés dans le monde entier. Dans *La Paix en soi, la Paix en marche*, Thây dit que dans un jardin, il y a des fleurs et des fruits, mais aussi des déchets. On ne jette pas ces déchets, on les transforme en compost : « Quand un jardinier regarde le compost, il peut déjà y voir des laitues et des tomates, car il sait comment transformer le compost en fleurs et en fruits. Il en est de même pour le bonheur et la souffrance, c'est comme de la nourriture biologique pour nous. Nous pouvons apprendre la compréhension et la compassion ».

Thây croit que le bonheur, la souffrance, la bonté et la colère sont semblables à ces fleurs et ces déchets. Quand la colère se manifeste, on ne fait rien, on ne dit rien, c'est parce que sous l'influence de cette énergie négative, on risque de ruiner les choses. On doit retourner à sa respiration de la pleine conscience : « J'inspire, je sais que la colère commence à se manifester en moi. J'expire, je prends soin de cette énergie négative en moi ». On doit apprendre à gérer la colère en soi et à la transformer.

Selon un proverbe indien, la colère est une pierre jetée dans un nid de guêpes. Je constate qu'on a tendance parfois à être impatient envers ceux qu'on aime et qui nous aiment. Thây estime que « la patience est la marque du véritable amour. Si vous aimez vraiment quelqu'un, vous serez plus patient à son égard ». Chaque fois que je sens ma colère, je pense à Thây qui a dit que si nous sommes fâchés avec un être cher, nous devrons nous poser cette question : « Est-ce que dans trois cents ans, est-ce que nous serions toujours fâchés avec lui ? ».

Je me suis posé cette question à quelques reprises et la colère, comme une voleuse, a vite filé.

Nous sommes des jardins
Illuminés de soleil
Et trempés de pluie.

42. La Quatrième Noble Vérité

Bouddha énonce ainsi la quatrième et dernière Noble Vérité :

« Voici encore, en vérité, ô moines, la Noble Vérité sur le chemin qui mène à la cessation de la souffrance. C'est le Noble Chemin de l'Octuple : la vision juste, la pensée juste, la parole juste, l'action juste, les moyens d'existence justes, l'effort juste, l'attention juste et la contemplation juste. »

Ces huit aspects doivent être pratiqués simultanément. On ne peut avoir la parole juste sans l'action juste. On ne peut parvenir à l'action juste sans l'effort juste. Ces aspects sont comme huit perles précieuses que l'on doit ajuster et réajuster à chaque instant.

À quatre-vingts ans, Bouddha, sentant sa fin venir, dit à ses disciples : « Soyez diligents, soyez réfléchis. Soyez fermes dans vos résolutions. Veillez sur votre propre esprit, soyez votre propre refuge. Celui qui ne se lasse pas, mais se tient fermement à cette vérité et à cette voie, traversera l'océan de la vie et mettra un terme à la souffrance ».

En menant une existence équilibrée, nous continuons notre travail intérieur qui nous amène vers une certaine sérénité, c'est ce que bouddhisme appelle vivre « bien ». Nous nous habituons à l'idée que notre respiration si miraculeuse se raréfie et prenne fin un jour. Nous apprenons à accepter les limitations de la vie humaine sur cette Terre pour mourir « bien ».

43. L'Absence

Quelques jours après notre visite, Claire s'est tout doucement éteinte. Avant de la revoir, j'avais manqué de courage. Je ne voyais pas comment je pourrais faire face à sa mort imminente. Je lui ai parlé et contre toute attente, elle m'a tendu la main. Du coup, j'ai compris ce que cela voulait dire « aller jusqu'au bout de sa vie ». J'ai accepté notre finitude et les pièces du puzzle se mettaient simplement en place. On est et on n'est plus.

Je sais maintenant que je ne crains plus de garder une dernière image de Claire souffrante, amaigrie et affaiblie. Mon affection pour elle a dominé ma peur et cette image de mon amie m'est désormais chère. Ce qui est plus important, c'est le souvenir de Claire que je garderai vivant à jamais dans mon cœur. Ainsi, mon amie, même privée de paroles, m'a donné une dernière leçon.

« On ne se baigne jamais deux fois dans le même fleuve, » écrit Héraclite. J'ai vogué sur un bateau en bois au Bangladesh dans les méandres du delta du Gange. De ma main, j'ai touché l'eau de ce fleuve sacré et l'ai portée à mon front comme on vénère une divinité. Des pèlerins se baignent dans le Gange pour se purifier le corps et l'âme. Le fleuve semble toujours identique, mais c'est une eau différente qui vient à nous. Et nous aussi, nous ne sommes plus les mêmes personnes, nous avons changé. Il n'est pas possible de vivre deux fois la même situation. La fleur de cerisier qui se fane et qui refleurit de nouveau sur l'arbre n'est pas la même d'un printemps à l'autre.

La vie est précieuse mais ô combien fragile. Alors, il faut s'accrocher à la moindre lumière et rendre notre vie la plus douce possible. Il s'agit d'être en paix avec soi-même et de prendre soin de l'autre. C'est simple et pourtant ! Pour bien vivre le présent, il est bon de se rappeler les moments heureux du passé. N'est-ce pas là la base de notre bien-être ? J'apprends à ne pas avoir peur, je n'y parviens pas encore, mais je m'y applique. Quoiqu'il advienne, je suis plus sereine.

Cette phrase de Bouddha me revient et elle est destinée à mon amie Claire : « Il n'est pas de détresse pour celle qui a terminé son voyage, qui a abandonné tout souci, qui s'est libérée de toute part ».

Le poète classique japonais Issa écrit ce haïku sur la fragilité de la vie qu'il compare à une goutte de rosée.

Ce monde de rosée
Est un monde de rosée
Pourtant et pourtant[26].

[26] *Haïku*, Issa, Traduction de Joan Titus-Carmel, Verdier, 1994.

44. La Fugacité

Mon amie Emi m'a donné rendez-vous au Jardin botanique de Montréal pour un pique-nique japonais. Au fil des années, le Jardin botanique s'est enrichi de plusieurs jardins : Jardin des Premières-Nations, Jardin de Chine, Jardin alpin, Jardin japonais. Tous ces jardins sont pittoresques, mais j'ai un faible pour le Jardin japonais. Ce lieu invite à la quiétude et au recueillement. Rochers et arbustes y sont agencés de façon harmonieuse. Cascades et ruisseaux incarnent ici la vie et le renouveau.

C'est l'œuvre de l'architecte-paysagiste japonais Ken Nakajima, expert des jardins anciens de Kyoto. Il paraît que les différents types de grès, de calcaire et de granit qu'on lui avait présentés, l'ont laissé de marbre. Heureusement, le célèbre architecte-paysagiste a découvert la péridotite, une pierre verdâtre aux stries blanc et noir, et il a pu avec enthousiasme concevoir le jardin.

Le sentier est bordé de pivoines, de rhododendrons et d'iris. Des carpes *koï* habillées de brocart blanc, rouge et orange, nagent gracieusement dans un étang. Nous nous asseyons sur l'herbe. C'est à ce moment que se produit un grondement sourd de *taiko*, tambours traditionnels. Les percussionnistes japonais sont entrés en action. Les sons rythmés et intenses de ces tambours géants, comme des battements de cœur, nous envoûtent. Ils emportent nos pensées vers un lieu sacré, tout comme les drapeaux de prières au Népal qui dispersent nos souhaits dans le ciel, liens invisibles qui nous unissent à ceux qui ne sont plus.

Encore émues par ce spectacle vibrant, nous traversons un sentier du jardin vers la maison de thé avec comme seul ornement une grande lanterne. Dans la tradition zen, la lumière de la lanterne est susceptible de chasser la « nuageuse ignorance ». Ce petit passage nous permet de laisser derrière nous soucis et préoccupations. L'hôtesse en kimono traditionnel nous accueille cordialement. Nous nous asseyons en silence.

La cérémonie du thé est un rituel immuable depuis le XVIe siècle reposant sur les principes de l'harmonie, de respect et de la tranquillité d'esprit. L'hôtesse chauffe l'eau, la verse dans un bol contenant du thé vert en poudre, le matcha, et à l'aide d'un fouet de bambou, fait apparaître une mousse onctueuse à la surface du thé vert. Elle nous présente à chacune un bol.

Assises sur des tatamis, nous nous inclinons pour prendre notre bol de thé en céramique. Nous faisons tourner lentement trois fois le bol dans nos mains pour l'admirer, car les Japonais croient que le bol de thé a un visage et une âme. L'expression bouddhiste « de mon âme à ton âme » correspond bien à ce moment où nous sommes en pleine communion avec les êtres et les choses autour de nous. Et nous dégustons le thé vert.

Après avoir salué respectueusement l'hôtesse de la cérémonie de thé, nous sortons le cœur léger.

« La belle maxime japonaise *Ichigo ichie* est souvent associée à la cérémonie de thé, dit Emi. Elle est pour nous deux. Elle signifie littéralement une chance, une rencontre. Elle provient du zen et exprime l'idée de fugacité.

– Chaque rencontre dans la vie est unique, il faut la chérir, dis-je. Il faut donc vivre chaque instant pleinement. »

45. Le Nuage

Ce matin, j'accompagne Pierre au département d'oncologie de son hôpital à Montréal. Il m'a dit il y a quelques jours qu'il allait passer une deuxième IRM, acronyme pour imagerie par résonance magnétique. L'IRM utilise la réaction des cellules du corps soumises à un champ magnétique et transforme cette réponse en images. C'est encore une nouvelle terminologie à inscrire dans mon vocabulaire scientifique.

Pierre a l'habitude de se rendre seul à ses divers examens. Je lui ai proposé de l'accompagner cette fois-ci. Il était un peu surpris, mais il a accepté ma proposition.

« Je n'ai pas beaucoup dormi ces dernières nuits, dit-il. Au moment où ma situation semble être "stable" si on peut le dire ainsi, et que je me sens un peu mieux, voilà que mon oncologue me demande de refaire cet examen. Il voulait effectuer une nouvelle vérification.

– Je comprends que c'est pénible pour toi, mais c'est peut-être préférable d'avoir une autre vérification, dis-je.

– De deux choses l'une : ou bien il y a une évolution dans ma maladie et il me faudra discuter avec mon oncologue des traitements à venir, je n'ai pas le choix, ou bien il n'y a rien. Je suis un peu stressé.

– Souviens-toi des paroles de Thich Nhat Hanh sur la peur. Retourne à la respiration pour calmer ton esprit. On peut regarder en profondeur en soi pour constater les racines véritables de sa peur et voir si on peut faire quelque chose. »

Lorsque Pierre franchit la porte de la salle d'examen accompagné par une infirmière, silhouette courbée marchant à petits pas, je suis restée seule sur ma chaise avec une douleur intense au ventre. J'essayais de convaincre mon ami par des paroles rassurantes qui ne rassuraient personne. C'est moi qui suis prise d'une véritable panique. Je crains que le traitement de Pierre ne soit arrivé à son terme et que son cancer ne s'étende un peu plus. Je ne veux pas perdre mon ami.

Thich Nhat Hanh dit que nous avons besoin d'une dimension spirituelle pour nous aider à développer notre capacité de prendre soin de notre souffrance, de notre peur, tout comme de notre bonheur. Si nous pratiquons la pleine conscience, nous avons toujours un lieu où nous réfugier quand vient la peur.

J'inspire, je sais que la peur est en moi. J'expire, je prends soin de ma peur avec beaucoup de douceur. Je me concentre sur ma respiration destinée à capter l'énergie positive dans le corps et à chasser l'énergie négative vers la terre. « J'inspire, j'expire ». J'essaie de faire diminuer le pouvoir que la peur opère sur moi. On ne peut inspirer et expirer en même temps.

Je m'efforce de réunir l'énergie de la pleine conscience. En vain. J'ai oublié les sages paroles de Thây sur le nuage. Mon prénom Vân signifie « Nuage » en vietnamien. Celui qui flotte dans ma tête est en train d'obstruer tout un pan du ciel bleu. Noir et menaçant, il cache la lumière du soleil. Il se transforme aussitôt en orage violent avec éclairs et coups de tonnerre. Et la pluie tombe à grosses gouttes sur mon visage ruisselant de larmes. Je me heurte à un mur invisible, je suis à genoux, je ne parviens pas à me libérer de la peur. Toute cette pratique de la pleine conscience au fil des mois n'est pas parvenue à apaiser l'angoisse qui me paralyse.

Je ne me souviens plus très bien de ce qu'a dit Thây sur la vague : « La vague peut être haute ou basse, grande ou petite, elle est tout simplement de l'eau. Elle fait partie du vaste océan qui n'a ni début ni fin ». J'ai l'impression d'être moi-même une vague qui déferle en ce moment à une vitesse prodigieuse pour se fracasser sur un rocher pointu.

J'ai avec moi le livre *Il n'y a ni mort ni peur* de Thây et j'ouvre une page au hasard. Thây écrit : « En cet instant même, nous sommes en train de naître et de mourir. J'ai souvent dit à mes amis du Village des Pruniers de ne pas attendre que je sois mort pour chercher mon corps de continuation. » Thây précise qu'il a des milliers de continuations dans des jeunes qui pratiquent la pleine conscience : « Si vous regardez avec les yeux du Dharma, vous me verrez sous de nombreuses formes de renaissance ».

Pourquoi me suis-je effondrée ? Je dois me calmer. Mon ignorance et mon désespoir sont en train d'obscurcir ma vision des choses. Je me ressaisis. Il s'agit pour moi d'être pleinement présente avec Pierre pour ne pas le laisser seul. Je dois suivre l'exemple de mon ami qui est demeuré fidèle à lui-même. Il a su rester indemne de colère, de rage ou de tout sentiment d'injustice malgré son état. Il faut me rappeler que les moines et les moniales chantent ces paroles chaque jour :

Je dois mourir un jour, je ne peux pas échapper à la mort. Je peux tomber malade un jour, je ne peux échapper à la maladie. Un jour, je devrai me séparer de celui ou celle que j'aime, c'est inéluctable.

Lorsque Pierre sort de la salle d'examen deux heures plus tard, à sa façon de marcher, souriant, la tête en l'air et les épaules dégagées, je sais qu'il a eu de bonnes nouvelles. Je me suis précipitée pour l'accueillir et il m'a serrée longuement dans ses bras.

« L'oncologue n'a rien trouvé, il n'y a pas de traces de métastases. Je suis soulagé, je suis quitte pour cette fois-ci.

– Quelle bonne nouvelle ! Je suis très contente.

– Viens, allons déjeuner. Je n'ai rien mangé de solide depuis deux jours. »

À l'extérieur de l'hôpital dans le ciel flotte un beau petit nuage blanc bien inoffensif. Je le regarde et souris. « C'est ainsi la nature changeante du nuage, » me dis-je. Thây a bien raison, c'est le même nuage dans ma tête qui a modifié son aspect. Il était noir tout à l'heure parce que j'étais désespérée, mais blanc maintenant car je suis joyeuse.

Confortablement assis sur la terrasse d'un café bordée de plantes vertes, Pierre commande un œuf poché sur du pain de blé entier, accompagné de fromage blanc et de petits fruits de saison : fraises, bleuets, framboises. Et nous discutons de la façon d'apprêter ces petits fruits remplis de vitamines et d'antioxydants en salades et en desserts. De nouveau, j'ai devant moi un homme heureux qui apprécie la vie et qui la savoure à chaque cuillerée. Je lui prends la main et réussis à lui dire finalement :

« Pierre, sache que lorsque tu auras besoin de moi, je serai toujours là pour toi. »

Te souviens-tu du temps,
tu étais un nuage blanc flottant
et moi, ruisseau errant,
j'allais en chantant vers le vaste océan[27].

Et puis, que sommes-nous sinon « nuage et eau » ?

[27] *Panier des prunes*, Joseph Emet, Parallax Presse, chansons pour la pratique de la pleine conscience.

46. La Source

En ce jour d'août, c'est le déluge. Des nuages noirs s'amoncellent dans le ciel et la pluie tombe sans discontinuer sur la campagne tranquille de Chelsea. Après une longue période de sécheresse, les épinettes du parc de la Gatineau aspirent par leurs aiguilles cette eau bienfaisante. La Nature se reverdit à vue d'œil.

La pluie s'arrête subitement au début de l'après-midi comme pour nous permettre de nous rendre au cimetière. Bertrand, Marc, Lise, Viviane et moi faisons la promenade habituelle. Le temps s'est rafraîchi et nous respirons mieux. Nous passons devant les chutes tumultueuses du vieux moulin et suivons un sentier menant à un petit cimetière. Bertrand a choisi un emplacement sous les arbres pour enterrer les cendres de Claire.

« Claire a toujours aimé l'ombre des grands pins, dit Lise. La vue est magnifique d'ici. »

Claire repose ici dans le plein silence, dans la mystérieuse absence, dans l'immense vacuité du monde. Dans le livre *La Ferme africaine*[28], Karen Blixen a écrit ce beau paragraphe concernant la tombe de son grand amour, Denys Finch Hatton, au Kenya : « Les Masaïs ont signalé au chef du district qu'ils avaient à plusieurs reprises aperçu des lions au lever et au coucher du soleil sur la tombe de Finch Hatton. C'est un lion et une lionne qui restent parfois longtemps couchés sur la tombe (…) Sans doute les lions aimaient-ils venir, de là, surveiller le bétail et le gibier de la plaine ».

---

[28] *La Ferme africaine*, Karen Blixen, Gallimard, Paris, 1986.

Dans le paisible cimetière de Chelsea, personne n'a signalé la venue de lions sur la tombe de Claire. J'ai seulement vu un couple de moineaux pépiant joyeusement.

« Quelques amis ont décidé d'acheter des lots ici pour eux pour plus tard, dit Bertrand. D'ailleurs, on a agrandi l'espace pour les urnes dans ce cimetière.

– Tu imagines, on sera une joyeuse bande avec Claire.

– Hier, des mains inconnues ont déposé des roses sur la pierre tombale de Claire, ajoute Bertrand.

– Des amis de passage qui pensent à elle, » dit Viviane.

En entendant mes amis relater des souvenirs de Claire, je me réjouis de l'avoir connue, fréquentée et aimée. Mon amie n'est plus, mais j'ai l'impression qu'elle est dans cette brise qui me caresse la joue, dans ce chant du merle siffleur, dans cette lueur entre deux nuages qui me console. À sa pensée, j'éprouve un sentiment de paix.

Nous remontons un chemin de terre vers le chalet lorsque soudain, nous apercevons une biche et son petit. Nous les observons, émerveillés. Le faon à la robe beige aux taches blanches nous fixe avant de bondir dans le sous-bois derrière sa mère. Je souris, c'est comme un petit signe de mon amie. La vie se renouvelle et continue.

Il va encore pleuvoir. L'eau remplira les rivières du parc de la Gatineau. Près du village de Chelsea, il y a une source. Elle provient des lacs du parc et coule sous terre à des kilomètres avant d'aboutir là. Souvent, nous allions chercher cette eau pure. L'amitié est comme cette précieuse eau de source qui ne se tarit pas. Je peux en boire jusqu'à plus soif. Sur la pierre tombale en marbre déposée à même la terre humide, la vie de Claire est écrite comme un beau poème japonais :

Née en Provence
Vécu au Québec
Aimé Chelsea

47. L'Être

Les moines et les moniales ont annoncé au début de 2016 le retour de Thich Nhat Hanh dans son ermitage au Village des Pruniers après un an de bons soins par des médecins et spécialistes du Centre universitaire de San Francisco :

« Nous sommes profondément reconnaissants pour tout le soutien et les donations bienveillantes qui ont été offertes à Thây et à ses assistants tout au long de leur séjour à San Francisco. La bonté aimante du grand Sangha a permis à Thây de faire de grands progrès sur son chemin de guérison, et il rentre au Village des Pruniers revigoré et plein de joie », ont-ils écrit sur le site du Village.

Dans leur message, les moines et moniales ont indiqué que Thây avait célébré la nouvelle année en pleine floraison de fleurs de magnolia : « Thây s'est joint à ses assistants pour les célébrations joyeuses de la veillée du Nouvel An, souriant et fredonnant avec eux. Thây, dernièrement, écoutait des enregistrements de sa propre voix lisant ses poèmes préférés. Nous sommes tous heureux de faire confiance à l'intuition de Thây de revenir au Village des Pruniers ».

Les moines et moniales allaient fêter la nouvelle année lunaire, l'année du Singe, le Festival des jonquilles, et les cérémonies des grandes Ordinations. Plus que tout, ils allaient célébrer la vie qui continue : « Nous ressentons beaucoup de bonheur de savoir que Thây pourra se réjouir de ces célébrations avec nous ».

Avec amour et gratitude, les moines et moniales du Village des Pruniers ont indiqué qu'ils étaient profondément reconnaissants pour le soutien des uns et des autres pour leur Maître : « Nous continuons à pratiquer ensemble pour prendre soin de notre Maître, prendre soin de nous-mêmes, et prendre soin du moment présent ; en faisant cela, nous pouvons ainsi nous assurer un futur brillant qui contient l'amour de la communauté et la fraternité ».

Les messages successifs sur la santé de Thây, malgré la gravité de son cas, expriment la simplicité et le bien-être. Je trouve que les moines et moniales ont bien intériorisé la pratique de la pleine conscience. Par son exemple, Thây a démontré avec dignité et humilité qu'il a accepté ce qu'il était. Ses disciples se sont inspirés de la calligraphie de Thây : « C'est cela ». Le verbe « être » se conjugue à l'infini. Ils ont pratiqué l'acceptation du moment présent, sans peur pour le futur, ni regrets à propos du passé.

Je songe à Thich Nhat Hanh en pleine méditation dans son ermitage et j'aperçois le Bouddha couché sur son socle de bois du temple Wat Pho à Bangkok. La mort est furtivement passée à quelques reprises à côté du corps affaibli de Thây. Elle l'emportera définitivement avec elle un jour, mais elle ne changera rien à la nature profonde de Thây, elle n'effacera pas son grand amour et sa compassion universelle pour tous les êtres vivants.

Je cite en son honneur ce magnifique poème de Sosêki dans son recueil *Haïkus* :

Sans savoir pourquoi
J'aime ce monde
Où nous venons pour mourir.

48. La Grâce

Kyoto, la ville aux mille temples. Ancienne capitale impériale du Japon pendant mille ans jusqu'en 1868, elle regorge de richesses : palais impériaux, sanctuaires shintoïstes, temples bouddhistes, jardins de mousse. Centre culturel et artistique, Kyoto charme, Kyoto fascine.

Je prends un autobus qui circule dans les rues aux maisons basses. Il me dépose une quarantaine de minutes plus tard dans le nord de la ville, près du Kinkaku-ji, Temple du Pavillon d'or. S'il y a un livre qui m'a émerveillée par sa clarté et sa poésie, c'est bien *Le Pavillon d'or*[29] de Yukio Mishima. J'ai tant rêvé de pouvoir admirer un jour ce sanctuaire bouddhiste et voilà, le rêve est devenu réalité. Une allée bordée d'arbres me mène jusqu'à un lac paisible entouré de jardins et devant moi, miracle !

Dans le matin calme, le Pavillon d'or se reflète dans l'eau dans toute sa grâce et sa beauté. Bâtiment harmonieux de trois étages en bois, il est recouvert de feuilles d'or à l'exception du rez-de-chaussée. Son toit est surmonté d'un phénix doré. Le Kinkaku-ji dans son entier fut construit par un shogun au XIVe siècle. À sa mort, on en fit un temple zen de l'école Rinzai. Une grande partie du temple fut incendiée et reconstruite à plusieurs reprises à travers les siècles. Seul le Pavillon d'or demeurait intact jusqu'en 1950 lorsqu'il fut à son tour la proie des flammes. Comme le phénix, l'oiseau mythique qui renaît de ses cendres, il a été rebâti à l'identique en 1955.

[29] *Le Pavillon d'or*, Yukio Mishima, Gallimard, 1961.

Yukio Mishima s'est inspiré de ce fait historique pour écrire une magnifique histoire. Dans son roman, un jeune moine infirme est subjugué par la beauté du Pavillon d'or, il l'admire jour et nuit : « Aux rayons du couchant, leurs pentes couvertes de feuilles nouvelles semblaient un paravent d'or déployé au milieu de la plaine. Et ce que je voyais, moi, c'était le Pavillon d'or ». Mais se trouvant laid, le moine est tiraillé entre l'ombre et la lumière, épris de beauté, mais s'en sentant exclu : « La pensée que la beauté pût déjà exister quelque part à mon insu me causait invinciblement un sentiment de malaise et d'irritation ; car si effectivement, elle existait en ce monde, c'était moi qui, par mon existence même, m'en trouvais exclu ». Le Pavillon d'or représente pour lui la Beauté à l'état pur. Obsédé, le moine finit par l'incendier.

Je me trouve moi-même devant le Pavillon d'or et je ne parviens pas à me détacher les yeux de ce trésor national. Au Japon, on donne le titre de « Trésor national vivant » aux personnes créatrices de biens immatériels importants. Je contemple cette Beauté pure et je me dis que Thich Nhat Hanh devrait être considéré comme un « Trésor national vivant ».

Jeune moine, Thây avait fondé avec ses compagnons dans les années 1960 le monastère de Phuong Boi sur les Hauts Plateaux dans le Centre du Viêt-Nam afin de créer une forme de bouddhisme engagé socialement. Boi désigne les feuilles de palmier sur lesquelles les enseignements du Bouddha ont été écrits dans les temps anciens, et Phuong veut dire odorant. Phuong Boi signifie Feuilles odorantes de palmier. Cette initiative fut mal accueillie par la haute autorité bouddhiste qui voulait maintenir une approche traditionnelle. Par la suite, le monastère fut détruit par le gouvernement militaire. Malgré tout, Thây a persisté dans l'adversité.

Les pensées de Thây se sont raffinées alors qu'il était dans la mi-trentaine et constituent la base de son enseignement actuel. Il écrit dans l'un de ses rares livres autobiographiques *Feuilles odorantes de palmiers, Journal 1962-1966*[30] :

« Lorsque j'étais jeune moine, on m'apprenait que les grandes souffrances étaient la naissance, la maladie, la vieillesse, la mort, les rêves inaccomplis, la séparation d'avec ceux que nous aimons et le contact avec ceux que nous apprécions moins. Mais la réelle souffrance de l'humanité provient de notre façon de considérer la réalité. » Thây croit que si nous regardons bien, nous verrons que la naissance, la vieillesse, la mort et même les rêves inaccomplis sont autant de raisons d'émerveillement. Thây affirme « qu'ils sont tous des aspects précieux de l'existence. Sans eux, celle-ci ne serait pas possible. Ce qui est vraiment important, c'est de savoir chevaucher les vagues de l'impermanence tout en souriant comme quelqu'un qui n'est jamais né et ne mourra jamais ».

Je découvre au fil du temps le cheminement d'un être humain modeste et humble vers la poésie, la grâce et la beauté. C'est donc avec gratitude et respect que j'assimile la pratique de la pleine conscience.

---

[30] *Feuilles odorantes de palmiers, Journal 1962-1966*, Thich Nhat Hanh, La Table Ronde, 2000.

49. La Sérénité

Pierre a emménagé dans une résidence pour personnes retraitées à Montréal. De son appartement, il a une vue imprenable sur le Mont-Royal et le ciel changeant à chaque moment du jour : doré le matin, gris perle à midi et rosé le soir. La notion de l'impermanence prend toute sa signification ici, le temps d'un regard dehors et l'horizon est déjà transformé.

« As-tu trouvé un médecin de famille ?

– Lorsque j'ai aperçu le médecin de service à la résidence, j'étais enchanté car il ressemblait au Dalaï-lama en plus jeune. Je le lui ai dit, bien sûr, et très ému, il m'a souri. Il a tout de suite accepté de me prendre comme son patient ! » dit Pierre avec un grand sourire espiègle.

En raison de l'hiver rude à Montréal, Pierre a renoncé à aller au marché. Les rues seront bientôt enneigées et glissantes et cela deviendra trop difficile. À la résidence, il peut aller au restaurant où le menu est bon et équilibré. Il a commencé à perdre du poids.

« Il faut renoncer à un certain nombre de choses que l'on aime quand on a moins de force, dit-il. Moi qui adore me balader, jardiner et cuisiner, je ne peux plus vraiment faire ces activités. À un moment de sa vie, il faut apprendre à lâcher-prise. »

Lâcher-prise. Ce mot est prononcé par mon ami si indépendant qui a vécu dans la simplicité pendant trente ans entre jungle et mer. Lâcher-prise, c'est accepter de se libérer un peu de l'emprise de l'ego et de laisser plus de place à l'élan de vie à l'intérieur de soi-même.

« Cette terre lointaine, je me rappelle avec bonheur de l'avoir visitée et d'y avoir vécu, dit Pierre. Je ne regrette rien aujourd'hui de ce que j'y ai laissé, la meilleure part de moi-même. Maintenant, j'éprouve du bonheur à entendre mon cœur battre, à sentir le sang couler dans mes veines, à m'endormir la nuit et à me réveiller le matin. »

Quand je pense que mon ami a restauré non seulement la mangrove de son îlot, mais également celle du parc à côté, j'ai beaucoup d'admiration pour lui. La nature a depuis repris ses droits et des palétuviers ont repoussé en bord de mer. Cet endroit s'est transformé en réserve naturelle. L'îlot est redevenu le royaume des oiseaux et des papillons, le plus beau secret de Pierre.

Pierre se laisse simplement « être », il soigne son âme. Il apporte aux autres, pas ce qu'il a ou ce qu'il représente, mais ce qu'il est. « Être » est l'aboutissement à un état de conscience plus serein. Bouddha dit : « Retournez dans votre île intérieure. Il y a en chacun de nous une île sûre. Chaque fois que vous souffrez, chaque fois que vous êtes perdu, revenez en vous-même, personne ne peut vous prendre votre île. Soyez votre propre lumière, soyez votre propre refuge. »

Dans *La Paix en soi, la Paix en marche*, Thich Nhat Hanh écrit : « Quand vous avez le sentiment que ce que vous vivez est difficile, cessez de faire des efforts. Retournez à votre ermitage, à l'intérieur de vous-même. Fermez les portes, faites un feu et créez une atmosphère accueillante. C'est ce que j'appelle prendre refuge dans l'île du soi. Personne ne peut vous enlever votre vraie demeure ». Il le dit avec ce poème :

Il n'y a qu'ici et maintenant
Bien solide, vraiment libre,
Je prends refuge en moi-même.

« Dans l'ultime, je m'établis, écrit Thây. L'ultime est le fondement de notre être, l'essence de l'être. Nous y sommes tout le temps. Ce n'est pas quelque part là-haut dans le ciel. Mais pour demeurer dans l'ultime, nous devrons vivre dans notre vraie demeure. La Terre pure n'est pas ailleurs ; elle est ici, dans le présent. Elle est dans chaque cellule de notre corps. »

Quelle est l'essence de la vie ? Elle est ici et maintenant. Nous savons que le passé n'est plus et le futur n'est pas encore. Il n'y a pas de départ ni d'arrivée. Il n'y a que l'instant présent. J'ai maintenant ma propre réponse.

« J'ai failli mourir deux fois, dit Pierre. Je peux encore voir, entendre, sentir, toucher et goûter. Je vais maintenant vivre du mieux que je peux le restant de mes jours. J'ai sillonné le monde jusqu'au bout de mes forces pour chercher un refuge. C'est en m'arrêtant de courir que j'ai trouvé ce que je cherchais, l'îlot qui est en moi. »

Je regarde Pierre. J'ai devant moi un homme serein. Sur cette image se superpose celle d'un homme jeune et souriant avec un bandeau au front, le jardinier de la mer de Maya Plage. Et je sais que je retiendrai pour toujours ce souvenir de mon ami.

« Sois bienheureux dans ton îlot, mon cher Pierre, dis-je. Là, tu es bien protégé et libre à jamais. »

Dans *Choses dont je me souviens,* Sosêki nous envoie ce poème de son île du soi :

Je ne suis pas mort
Mon cœur est poétique
Je me repose
Dans le calme et la pureté
Jour après jour
Matin après matin
Je contemple les vertes collines.

50. La Lumière

À Huê, j'ai ouvert ma fenêtre à la nuit. Quelques étoiles scintillent. La lune fait timidement son apparition vêtue de son halo doré. Je scrute l'horizon. La voûte du ciel se penche sur la terre les bras ouverts pour l'embrasser. Au loin, très loin, au-delà de la masse sombre du mont de l'Écran royal, il me semble percevoir quelque chose. Je retiens mon souffle et ramène le calme en moi.

Rien, tout d'abord. Puis petit à petit, une petite étincelle jaillit et retombe comme une larme de feu. Une autre étincelle, puis une autre. Elles jaillissent et rejaillissent dans un spectaculaire chaos. Une chute de météores ! Ces corps célestes du système solaire brûlent au contact de l'atmosphère terrestre. J'assiste, émerveillée, à une danse de lumières comme à la première nuit du monde.

L'astrophysicien Trinh Xuân Thuân, imprégné de traditions bouddhistes, explique que les étoiles naissent, vivent leur vie et meurent, pas à l'échelle d'une vie humaine, mais sur des millions, voire des milliards d'années. Elles sont impermanentes. Selon lui, « les étoiles sont nos ancêtres. Ce sont elles qui ont fabriqué par leur alchimie nucléaire tous les éléments dont nous sommes constitués, et qui sont responsables de la beauté et de la complexité du monde. Une statue de Rodin, les pétales d'une rose, les bêtes sauvages, les êtres humains ne sont que des poussières d'étoiles. Nous sommes tous des poussières d'étoiles[31]. »

---

[31] *Dictionnaire amoureux du ciel et des étoiles*, Trinh Xuân Thuân, Plon/Fayard, 2009.

Dans la nuit magique, je me sens intimement liée au cosmos. Il me suffit de tendre la main vers le ciel pour toucher au mystère de notre existence. Ainsi, l'univers a fabriqué des étoiles pour qu'elles engendrent la vie sur terre et créent la conscience chez les êtres.

J'aime croire que nous sommes nés de poussières d'étoiles et que nous partirons en poussières d'étoiles. Je sais maintenant qu'un grand moine zen vit dans le silence comme une étoile dont la lumière parvient jusqu'à nous. Cette étoile brille en nous et illumine notre présent, tout comme l'enseignement de Thich Nhat Hanh qui nous guide encore et toujours :

« C'est parce que la souffrance est impermanente que nous pouvons la transformer. C'est parce que le bonheur est impermanent qu'il nous faut le nourrir ».

Pluie de météores
Toucher à l'éternité
Intense bonheur.

Table

Romans et nouvelles d'Asie
aux éditions L'Harmattan

Dernières parutions

DEMAIN, FUKUSHIMA...
Roman
Michèle Sis
Comment persévérer dans le nucléaire après Tchernobyl et Fukushima ? À l'annonce de la catastrophe, une soudaine prise de conscience taraude Stéphane, jeune ingénieur français. Il entreprend un pèlerinage absurde dans la zone interdite. Il y rencontrera la figure prémonitoire de la tragédie annoncée, sous les traits d'un samouraï un peu fou.
(19,5 euros, 214 p., mai 2015)
EAN : 9782343060491 EAN PDF : 9782336380667

HAUTE TENSION AU LAOS
Roman
Fabrice Mignot
Dans un imbroglio, où règne le soupçon, le stress vient perturber la routine tranquille d'un village laotien proche de la capitale. Sur fond de tensions géopolitiques réelles, ce roman entraîne le lecteur dans une ambiance vivante et cocasse, bien éloignée des clichés orientalistes.
(Coll. Écritures, 21,5 euros, 256 p., avril 2015)
EAN : 9782343055565 EAN PDF : 9782336373386

LE MAÎTRE DES NUAGES
Roman
Patrick Gillet
Le jeune Yukimichi «Chemin enneigé» a choisi sa voie, le Kendo. Le matin, il emprunte la sente dans la vallée de l'Iya sur l'île de Shikoku pour aller au dojo et croise la belle Aïko. Leur destin sera profondément marqué par la guerre et l'explosion de la bombe atomique d'Hiroshima.
(Coll. Amarante, 14 euros, 132 p., mars 2015)
EAN : 9782343055077 EAN PDF : 9782336370965

DÉMONS NOCTURNES
Roman
Pierre Yang
Auteur de plusieurs ouvrages en France et traducteur littéraire, Pierre Yang nous offre ici son premier roman. Le narrateur retourne dans sa ville natale, en Chine, au bout de dix ans d'exil en France, lorsque son père est à l'agonie. Ce voyage est pour l'auteur une occasion de plonger dans les souvenirs de son père, de renouer

avec les siens, avec les amis d'enfance, avec les lieux qui l'ont marqué. C'est aussi un voyage intérieur, une quête de soi dans un aller-retour incessant entre l'époque de la Révolution culturelle et la Chine de l'an 2000.
(Coll. Amarante, 19,5 euros, 214 p., novembre 2014)
EAN : 9782343045283 EAN PDF : 9782336361161

UNE ENFANCE À SAIGON
Roman
Catherine Brai
Dans ce roman autobiographique, la jeune narratrice nous fait découvrir le quotidien d'une famille saïgonnaise de l'intérieur, à la fin de la colonisation française et à l'aube de la déroute des soldats américains au Vietnam, en dépit des bombes lâchées au-dessus des rizières. Les souvenirs abondent dans ce récit sensible et souvent plein d'humour qui relate une adolescence dans un univers que l'histoire s'apprête à faire basculer irrémédiablement. Un récit authentique, un témoignage fort.
(Coll. Écritures, 17,5 euros, 178 p., octobre 2014)
EAN : 9782343035888 EAN PDF : 9782336357584

TOURBILLON
Ogawa Hiroko
Ueda Bin (1874-1916) fut à la poésie ce que Sôseki Natsume fut au roman : un maître. Professeur visionnaire de littérature étrangère à l'Université impériale de Kyôto, il fut considéré comme le plus grand traducteur de poésie européenne de son temps. Son œuvre majeure, *Kaichô-on*, marqua ainsi profondément son époque et la poésie japonaise contemporaine. À cet égard, son unique roman, *Tourbillon*, dont il s'agit ici de la première traduction française. Véritable mise en abîme, il est avant tout une réflexion profonde sur la quête de soi et l'identité japonaise.
(20 euros, 228 p., octobre 2014)
EAN : 9782343039473 EAN PDF : 9782336357508

LA VALLÉE DES MAGICIENS
Kamal Abdulla – Traduction de Daniel Rottenberg
Cette histoire médiévale représente une parabole philosophique, imprégnée clairement de l'esprit soufi, qui aborde de grands sujets moraux et sociaux : la quête de soi et du sens de la vie, la lutte intérieure entre le bien et le mal, l'antagonisme pouvoir-individu, la force toute-puissante et purifiante de l'amour. *La Vallée des Magiciens* y représente ce monde spirituel de justice, de bonté, de miséricorde, d'amour et de bonheur auquel l'être humain aspire tout au long de sa vie, parfois sans même s'en rendre compte.
(Coll. Lettres d'Azerbaïdjan, 19 euros, 200 p., octobre 2014)
EAN : 9782343043531 EAN PDF : 9782336357409

LA DERNIÈRE IMPÉRATRICE D'ANNAM
Nam Phuong la sacrifiée – Récit romancé de la première reine vietnamienne
Hao Tran Thi – Préface de Joëlle Nguyên Duy Tân
Après avoir obtenu son baccalauréat en France, Nguyên Huu Thi Lan retourne au Vietnam et devient impératrice, sous le nom de Nam Phuong. Splendide,

pleine de talents et vertueuse, elle connaît malgré tout un destin tragique. Ayant trop tôt fait confiance à un empereur infidèle, son époux Bao Daï, la solitude la poursuit jusqu'au dernier moment de sa vie : seule à Huê pour élever ses enfants et s'occuper de sa belle-mère, seule pendant les mois et les années de guerre suite au départ de son mari en Chine, seule en France après le retour de ce dernier au Vietnam pour reprendre le pouvoir.
(21 euros, 248 p., septembre 2014)
EAN : 9782343037493 EAN PDF : 9782336356709

LE MONDE EN 888 JOURS
Shanghai - Shanghai
François Briançon-Marjollet
Le voyage commence à Shanghai, guidé par le désir de voir et vivre le monde tel qu'il est, amer et merveilleux, sans artifices ni intermédiaires. Le route traverse le Pakistan, Israël, la guerre civile en Syrie, l'Égypte en pleine révolution. Trois passeports, deux discours présidentiels et une destinée plus tard, l'itinéraire touche à sa fin en Corée du Nord, fantasme mondial subjuguant et mystérieux. Mais les voyages ne sont qu'un moyen parmi tant d'autres. Ils gomment les préjugés les plus coriaces, chassent les illusions, et nous donnent à voir le monde au plus proche de la réalité. Nous gagnons en liberté.
(23 euros, 226 p., septembre 2014)
EAN : 9782343044491 EAN PDF : 9782336356785

LES FEMMES CHINOISES ONT-ELLES BESOIN DES HOMMES ?
Roman
Xiao Ya Mou – Préface de Dominique Desjeux
«Le téléphone mobile, les messages téléphoniques, Internet, la télévision (...) le vin rouge, le café, l'alcool fort, l'inflation ne sont pas de simples mises en scène de la modernité. Les objets du quotidien, et surtout le vin et l'alcool, sont les doubles des personnages, véritables jumeaux cantonais des *yuppies* new-yorkais. (...) Nous assistons comme Européens au remake chinois des Trente Glorieuses des années 1960 en France, mais pas tout à fait. Les enfants sont absents.» (Dominique Desjeux)
(29 euros, 323 p., mars 2013) EAN : 9782336292106
EAN PDF : 9782296530850 EAN ePUB : 9782336660523

SUR LA ROUTE DES TERRES RARES
Roman
Jean-Pierre Boudine
Robert pensait jusque-là que la vie de sa mère se limitait à un village d'Essonne. Mais, dès son enterrement, il pénètre dans une tout autre réalité, qui se joue entre la Castille et l'Asie centrale. Un peuple fossile mais vivant, un contexte géopolitique en forme de jeu de go, une historienne sexy, et une question : qui peut dire où se trouve le probable gisement de terres rares, ces éléments d'importance stratégique dont la Chine possède aujourd'hui un quasi-monopole ?
(Coll. Deux Infinis, 28 euros, 274 p., janvier 2013) EAN : 9782336002026
EAN PDF : 9782296513440 EAN ePUB : 9782336285672

EXIL À SAÏGON
Roman
Bernard Mandon
Un jeune homme s'est exilé dans les brumes fascinantes du Vietnam pour échapper à sa famille. À l'occasion d'un retour dans son village natal des Pyrénées, trouvera-t-il la force de s'extirper définitivement des limbes de son enfance ? C'est le récit de cette difficile libération que nous livre l'auteur dans son émouvant roman.
(Coll. Écritures, 20 euros, 198 p., décembre 2012) ISBN : 978-2-336-29068-3
EAN PDF : 9782296512047 EAN ePUB : 9782296990319

POURTANT MONGOL JE DEMEURE
Alain Dupeyron, Zhang Qiang
Pourquoi des Mongols se sont-ils installés aux confins du sud-ouest de la Chine ? Les auteurs décident alors de parcourir les voies empruntées par l'armée de Khubilaï Khan, petit-fils de Gengis Khan et fondateur de la dynastie des Yuan. Les Mongols rencontrés sont très souvent éloignés de la réalité de leur terre originelle. Mais tous revendiquent avec force leurs origines et leur culture. Les auteurs retracent la vie quotidienne, l'histoire, la sociologie des ethnies.
(Coll. Ecrire et Voyager, 21,5 euros, 216 p., novembre 2012)
ISBN : 978-2-336-00620-8 EAN PDF : 9782296509504 EAN ePUB : 9782296987784

UNE ROUTARDE AU VIÊT-NAM
Rencontres
Julie Montagard
Récit d'aventures quotidiennes, nourri de centaines de rencontres racontées avec émotion et humour, *Une routarde au Viêt-Nam* nous emmène dans une traversée du pays, du sud jusqu'à l'extrême nord à la frontière de la Chine. C'est dans un périple réalisé en bus, train et moto-bike, riche de découvertes et de contrastes – cohue des villes et des marchés, plénitude des paysages de rizières ou de baies –, parmi une mosaïque de peuples, que nous emmène l'auteur.
(Coll. Écrire et Voyager, 21 euros, 208 p., octobre 2012) ISBN : 978-2-296-99169-9
EAN PDF : 9782296507487 EAN ePUB : 9782296985766

TAKEPICTU
Un voyage d'Asie
Alain Lorne
Par monts et par vaux, Alain Lorne chemine en Asie à la rencontre d'un temps aboli. À Shangai, sur les traces de Joseph Kessel et Tintin, à Rangoun dans les pas de George Orwell ou cherchant Lucien Bodard au Yunnan, il remonte aussi le Mékong à califourchon sur le fuselage d'une barcasse motorisée. Ces pérégrinations réactivent les souvenirs des années 70 : les sentiers de l'utopie qui conduisaient jusqu'au Deccan, la Sorbonne maoïsée, la guerre du Vietnam vue depuis Paris...
(22 euros, 208 p., septembre 2012)
ISBN : 978-2-296-96431-0

L'HARMATTAN ITALIA
Via Degli Artisti 15; 10124 Torino
harmattan.italia@gmail.com

L'HARMATTAN HONGRIE
Könyvesbolt ; Kossuth L. u. 14-16
1053 Budapest

L'HARMATTAN KINSHASA
185, avenue Nyangwe
Commune de Lingwala
Kinshasa, R.D. Congo
(00243) 998697603 ou (00243) 999229662

L'HARMATTAN CONGO
67, av. E. P. Lumumba
Bât. – Congo Pharmacie (Bib. Nat.)
BP2874 Brazzaville
harmattan.congo@yahoo.fr

L'HARMATTAN GUINÉE
Almamya Rue KA 028, en face
du restaurant Le Cèdre
OKB agency BP 3470 Conakry
(00224) 657 20 85 08 / 664 28 91 96
harmattanguinee@yahoo.fr

L'HARMATTAN MALI
Rue 73, Porte 536, Niamakoro,
Cité Unicef, Bamako
Tél. 00 (223) 20205724 / +(223) 76378082
poudiougopaul@yahoo.fr
pp.harmattan@gmail.com

L'HARMATTAN CAMEROUN
TSINGA/FECAFOOT
BP 11486 Yaoundé
699198028/675441949
harmattancam@yahoo.com

L'HARMATTAN CÔTE D'IVOIRE
Résidence Karl / cité des arts
Abidjan-Cocody 03 BP 1588 Abidjan 03
(00225) 05 77 87 31
etien_nda@yahoo.fr

L'HARMATTAN BURKINA
Penou Achille Some
Ouagadougou
(+226) 70 26 88 27

L'HARMATTAN SÉNÉGAL
10 VDN en face Mermoz, après le pont de Fann
BP 45034 Dakar Fann
33 825 98 58 / 33 860 9858
senharmattan@gmail.com / senlibraire@gmail.com
www.harmattansenegal.com